邹颂

四十九首

邹进 著

长江出版传媒 | 长江文艺出版社

邹　进

　　大学期间，与同学创办《赤子心》诗社，开始诗歌创作。

　　曾任中国作家协会《中国》文学月刊、《人民文学》杂志诗歌编辑，曾挂职《诗探索》杂志社社长。1998年创办北京人天书店集团，经营至今。

　　获社会科学文献出版社"致敬学术推广人"称号，获《图书馆报》中国改革开放40年"致敬影响力人物"称号，获《光明日报》"2017中国文化产业年度人物"提名奖。

　　出版有九部诗集、两部诗选、八部诗歌日历（2018—2025），以及文集、专著、译注作品若干本。

代序
诗人为何与众不同①

　　这个奖项设计得特别好。一个诗歌作品，一个诗歌评论，必须双双获评，才能够获得"发现奖"。在大学里，我学的不是创作，而是文学批评。可以说，我们现在的文学思潮不如二十世纪八十年代，那时候的"今天诗派""校园诗歌"等若干个诗派，大家都注重文学批评。现在没有好的评论，因此说发现奖又接续起了一个良好的传统。批评不是给读者看的，而是给作家看的。没有批评，文学怎么能够发展？靠什么来指引创作的方向？我们学文学史的时候读过莱辛的《汉堡剧评》。作为一个剧评家，他能独立成为作家。中国现在还有这样的人吗？一旦说文艺评论，大家都在说好话，都在恭维，其实这是一种语言贿赂。李掖平老师的发言是专家级的，但是我特别想听的是后面的部分，是对作者和评论者的批评。这才是一个批评家的水平和责任所在。我曾经是《中国》文学月刊的诗歌编辑，这个刊物虽然只存在了两年，但很有名气，不仅因为它发现并推出了一大批的作者，还因为它有一个专门的批评栏目，发表了很多著名的评论作品，如《与李泽厚对话》、对谌容《人到中年》的评论等，在八十年代的文坛

----

　　① 本文是我 2019 年 11 月 16 日在第四届中国诗歌发现奖颁奖会上的发言，由诸菁整理完成。

上是一股凛冽的新风。大学时期，我是"赤子心"诗社的成员，赤子心诗社的大部分人，大家可能都比较熟悉。我现在手里有一些特别珍贵的资料，就是我们诗社成员之间对作品的互相评论。那时候我们上课不好好听讲，在下面写诗；写完之后，大家互相传看，互相写批注。所谓批注就是批评，很少有说你写得好的时候。那是我们最原始的文学批评。这些资料异常珍贵，我甚至想，以后哪里有诗歌博物馆，我就把这些手稿捐给他们。

具体说到诗，我总是困惑，诗人的责任是什么？诗人什么地方与众不同？我们不是军人，要在战场上杀敌建功；不是医生，要在手术台前救死扶伤。既不会编程写代码；也不会做企业给国家交税。那我们还有什么用？我们就只能用诗说一点儿风凉话吗？今年夏天，我作为行业的代表，受邀参加了中央电视台的一个企业家访谈节目，主持人朱迅对我进行了专访。对外我从来不说我是个诗人，虽然我的诗写得不错，但我会跟别人讲，我是一个写诗的。比如一个跳舞的人，他能说自己是舞蹈家吗？他只能说自己是一个跳舞的。跳得好，别人会说他是一个舞蹈家。你写得好，别人才叫你诗人；写得再好一点儿，叫你著名诗人。朱迅问我："听说你是诗人，你觉得诗人跟我们有什么不同吗？"我说："其实诗人跟大家是一样的。稍有不同只在于，诗人能够看到别人看不到的东西。诗人看起来就是普通人，甚至还不如普通人，因为诗人大部分都很穷。但他看到的世界，引用我的一句诗：这是一个他能看到而你看不到的世界，这是一个你看到了就不存在的世界。"朱迅轻轻"啊"了一声。这句话是不是挺狂的？我给朱迅举了一个例子。我去参加追悼会，你说我是快乐呢，还是悲伤呢？我参加陈明老头儿的追悼会，陈明是丁玲的丈夫。我们都叫他"老头儿"，这是最亲切的称呼。老人家103岁寿终正寝，这是生命的最高境界啊。我参加牛汉老头儿（也叫他"老头儿"）的追悼会，他虽然经受了那么多苦难，但他给我们塑造了一个人格的偶像，追悼会是对他人生的一个总结。我觉得挺好啊，为什么要悲伤？那么，作为一个诗人我该怎么来表达呢？我就写了一首诗：又一次聚会，是因为有一个朋友，想见一见我们，用闭上的眼睛。朱迅极其聪慧和敏锐，她立即说："哦，我理解了，诗人说出的话，就是人人心中有、个个口中无。"是啊，我们要表达的不就是这种人之常情吗？但大部分人是表达不出来的，你的语言踩在离合器上，一下子发动了读者情感的马达。这种语言是诗的语言。所以我说诗人与众不同，是他有上帝的眼睛、有神的手笔。

大部分诗人或作家都喜欢写跟自己经历相关的东西，写自己身边的事，但是我很少写我自己和我身边的事，因为我的经历就这么多，写写就没有什么可写的了。有的人就可以反复写，比如说莫言，他的很多作品就是他身边曾经发生的事，他反复写也不重复，这是本事。没有人会关注你个人的喜怒哀乐，但是，你个人的喜怒哀乐能变成人类共同的喜怒哀乐，这就是创作了。作家需要把个人的经历和经验转化成创作题材。很多人是达不到的。谁会去关心你个人的一点儿事情呢？诗人需要具有一种转化能力。转化能力是什么？毫无疑问是思想。这种转化不单单通过一种情感，还要通过理性进行，这个临界点、媒介是非常重要的。对生活要有理解，这样你才能够转化；你个人的经验转化了，就是共同的经验。比如说黑枣的一首诗，他描写了一个生活片断，他想给乞丐一点儿钱，但自己也不是很富裕，他很纠结，到底是给一毛钱、两毛钱还是一块钱呢。这个时候乞丐火了，拒绝了他的钱，因此他写了"一个骄傲的乞丐"。这就是他生活中经历的一件事，他觉得这个乞丐有个性、有尊严，但这可能是黑枣赋予他的，并不一定是乞丐的真实情况。要表达一种人之常情但又与人之常情不太一样的东西，这就是诗了。

我讲一个我的同学徐敬亚的小故事。大家都有过这样的经历，开车在路口停下来的时候，经常会遇到乞丐敲车窗，这个时候你很烦，怀疑他是职业乞讨的，加之现在都用微信，也没有零钱，你就低着头装没看见，希望赶紧变了绿灯继续前行，或者不耐烦地把他打发走。但是反过来想，你给他一块钱又能怎么样呢？对你也没有什么损失。这可能是他的职业，你给他一块钱，他每个月能有两三千块钱的收入，还解决了就业问题呢。这么一想，老徐觉得他想通了，拿了100块钱到银行去换了100个硬币。这个时候故事出现了，他换了钱后，每次车停在十字路口，都等着乞丐过来，可是要么没有乞丐，要么乞丐在别的车道上，就是不到他这里来。换了100块钱给不出去，他就很着急，经常会下车招呼乞丐过来。他发现了一个问题，就是你想行善也没有这么容易，没有那么多人需要你的施舍，世界上也没有那么多的乞丐，何况还有许多"骄傲的乞丐"。这个东西写出来，不就是诗吗？我们写诗就要写这样的东西，把个人的经验上升到理性的情感。

那么，诗到底是理性的还是抒情的？诗的特征是抒情，但需要经过理性的浸润。我们要表达出人类的一种生存状态，我们的恐惧和我们的理想。人类已经进入了一个高科技时代，用上了 5G，似乎所有的问题都能解决了——人们不愁吃、不愁穿，生活得到了极大的满足。大家都说用钱能解决的问题就不是问题，除了死没有可怕的事情了。难道人真的就没有恐惧了吗？人类真的就无所畏惧了吗？不是还有对死亡的恐惧吗？刚才一个诗人说诗歌就是我们的信仰，我赞同这句话。我做一点儿自己的诠释。信仰是什么？信仰是怎么来的？在远古时代，外界给人类造成的灾难让人们产生了恐惧，包括死亡恐惧。因此人类通过自己内心的寄托，外化出一个东西来主宰自己。这就是最原始的信仰的由来，因为恐惧产生的信仰，还不是真正的信仰，是崇拜。人类通过对自然的崇拜、对祖先的崇拜、对神的崇拜，通过牺牲、五体投地来获得这些神明给他们的保护，以此形成了一种依附的关系，产生了各式各样的图腾。随着人类理性认识的不断加深及科技的进步，原始的、多神的状况演变成最高神、至上神、唯一神，这样神慢慢就被抽象化，不再具备具体的对应关系了。基督教、伊斯兰教、藏传佛教都逐渐演变成唯一神，没有了偶像，因为人们知道，偶像不能保护他们，能够保护他们的是理性。西方人认为上帝是一个抽象出来的概念，是人类一个最高等级的道德规范，用来制约人们、规范人们的行为，所以西方有"原罪"的说法，赎清我们的罪行，需要我们有信仰。中国的说法是"苦其心志，劳其筋骨，饿其体肤"，西方就是"禁言、禁酒、禁欲"。人们希望，要有一个最高的行为规范，让我们不要去犯罪；要有恐惧，而不仅是对死亡的恐惧。因为我们有恐惧，做买卖我们怕犯法，日常生活中我们怕激情犯罪，这都需要有一个信仰来进行规范。信仰是什么？信仰就是理性。

著名的图书发行人刘苏里，把经常看到的粗制滥造的盗版书，定义为三无产品：无益、无害、无聊。人们说盗版书有什么害呢，也可以阅读啊。是可以阅读，但盗版书不尊重版权，不尊重排版美学，粗制滥造，看起来没有什么害处，但非常无聊。我们诗人就写自己这点儿东西，有意义吗？没什么意义。有害吗？也没什么害处，但就是无聊。诗人就是要写出人类的共同情感来，诗歌一定要揭示人类的理性和人之常情。

上大学的时候我也读过黑格尔，可能是太难了，没有读下去。我的一个朋友刘云德，他研究黑格尔的美学。黑格尔认为建筑是三维的，绘画是两维的，音乐是一维的，但诗歌没有维度。什么是没有维度？没有维度就是无所不在、无所不能、无时无刻。一个好的诗人一定是有神性的，他要把上苍的旨意传达给普通人，要发现普通人身上的神性、揭示人的理性。这就是我们诗人要做的，这就是我们的信仰。在这一点上，我相信诗人确实高人一等。

目　录

第一辑 / 2024

琼瑶颂

望着滚滚河水
哪一段才是你的身躯？
这河水佛祖摸过
从最高处流下
夜色中的布达拉宫
像思考的水立方
人啊！为什么不在盛若桃花的时候死去
一定要在床榻上受尽折磨？

尽管抵抗是徒劳的
但抵抗才是身体的美学
时间把人一个一个吸进黑洞
一群群，鱼贯而入
在黝黑的深处
再把他们抟成神灵的形状
扮成节日之君
来到我们家中，人神共聚
一派好客的氛围中
只见筷箸上下翻飞

苍天的恩赐得以分享
无尽的欢乐尽可能消释忧愁

每一次的告别仪式

都是为自己做准备

去往天堂，路过人间

有人对我说：你知道吗

那个滑轮滑的少年，是我爷爷

他还有另一个名字

叫宝玉

当我坐在大树下

感知先人的灵魂都前来聚集

嘴里含着我的诗句

我会牵一百只羊去送你

手捧长城，献给你一条洁白的哈达

望死神不要刻薄

把人分成两类

请一些人上天堂

送一些人下地狱

就让他们杂居在一起

不分敌我，也分不清敌我

最宝贵的财富

最后的决心是自己下定

为这最后的大事做主

是圆寂，不是轻生

让自己的心，一下子跳出肉身

在遥远的高处

看一具皮囊，像羊皮筏

顺着黄河往下漂流

今夜地下的亡灵忙碌不堪

他们没有接到医院的死亡通知

毫无征兆地

接待这位不速之客

他们早已习惯了大排场

却不知这习习微风便是传告她的到来

炊烟一样缭绕在山谷间

等待难忘的你共进晚餐

谁是先生的？谁是后生的？

这是一道逻辑命题

时光缱绻，挽留古稀老人

神奇的医术让死者减少

他们大把服食药片

像是吃着燕麦和牛奶

分离的想法由来已久

虽说明智的选择也不是人人都会去做

仁爱的使者总在我们上方漫游

准备对大地的精灵施以援手

苍天的女儿

在你的百花园灿烂的星星闪烁

你已不像尘世哲人握笔思索

拿起又放下

你已经过完了自己的时代

仍愿留在原处

来到年轻人的领地，那里的千变万化

并不会让你欣喜激动

更愿意栖息在紫色的花朵中

甜蜜地微睡

回想自己少女的骄矜

和飞翔的词语之鸽

岁月依然亲切

每一个日子都天真无邪

哀伤已成沃土

金色的花朵徐徐绽放

待来年或是一个新的时代

春风吹醒梦中的人

当你转世来到人间

人们看你都用异样的眼神

猜想你是苍天的女儿

因为看到雄鹰伴飞你左右

你在每一个时代穿来穿去

像在每一部影片中飞进飞出

话里话外的心机

画里画外的人生

清泉颂

终于拜见了河流的源头
带着秘密使命的，穿过森林之门
它的行踪一点也不诡秘
一路咆哮，发出高尚的心声
我终于知道所有大江大河
它们的初心都在这里
从一尘不染的莲花圣地
磕着长头，一次次扑向地面
山谷里拉满的风马经幡
为它们的出征祈福祝愿
从迷恋的山中走出
便开始了它们的漫游岁月和坎坷人生
任凭一路如何凶险
都要奔赴它们的尾闾之地
扶桑之东，日出之地
方圆四万里，深厚四万里

每一眼泉，都是一富矿
流出的再多，也不见它减损
每一座山，都是一湖措
把它们倒过来，就是一座座水塔
不得不相信

这里曾经是海洋

大海飘散的头发

便是这条条河流

高高低低的山，是神造的

长长短短的河流，都是你造的

我的四周群山朦胧

所有的山头都被水所饱和

大大小小的神灵

每人抱着一棵树，吮吸大地的汁液

雅鲁藏布大拐弯

把南迦巴瓦包成一个粽子

坐在波涛喷涌的下方

更能感到被圣灵充满

波涛撞击胸腔的声音

定要把我塑造成强者

裂石之侧，震天动地，却不能言语

我单膝跪地，听脚下轰鸣

我知道此时神灵在向我靠近

此时我意识到自己力量倍增

这力量是神给我加注

不能让它在体内沉积

让我说出响亮语言

让我赶紧履行使命

当我意志薄弱时候

必定来到你的身边
长跪叩地，聆听你的圣训
看你有何要向我明示

你的魔力从未徒劳
把羁绊拿起又敲碎
用极度的纯净，萃取湛卢宝剑
必定逾千年而不朽坏
你是哪一条河的源头？
这条河因为你而富有神性
把心志高远寄托在我身上
高居云端，俯视时代匆匆的脚步
尽管来到平原上
它的暴躁的性格已被收敛
那是它已领略了诗和哲学
而把力量重新藏起
如果有人不再尊重你，敬神不再
那就是他的错
只能说他枉有忠诚
从此不受神灵佑护

第二辑 / 2023

石头颂

哪一块石头

没有几亿年的历史

它标榜过自己吗？

它说过自己的身世吗？

它最辉煌的时代

在石器时代

石器时代结束了

不是石头用完了

石油时代结束时

石油肯定也没有用完

讲文明历史

就要从石头说起

最不缺的物质

也是最无用的东西

只能用来铺路

或是磨碎了做水泥

绝大多数时间

它们都在山上躺着

没有人认为

它才是山的骨骼

好像山的壮美

与它无关

它把美名让给了

不属于它的名字

只有石头城

彰显了它的荣耀

金银铜铁锡

它是所有元素的母体

它还把石油

藏在页岩里

等人类把石油挥霍殆尽

再把它献出

可怜的矿工

从黑暗幽闭的巷道

背出这些

悲痛的硬块

骄傲的石匠

和着血和汗

用它们堆砌金字塔

或是修建教堂

撒落在全世界

没有人不认识

也不需要提炼分离

才能成为材料

它的痛苦你无从知道
遍体都是伤疤
它的忧伤
只有西西弗知道
它的愤怒你或许知道
当它变成岩浆
从地下喷出
吐出的都是鲜血

沉重的身体
让它沉入水底
但它也会像星星
漂浮在穹顶
它不像它们中的玉石
献媚人类
也不像钻石
欺骗不谙世故的情人
虽然没有呼吸
沉睡隐藏了它的脉搏
虽然没有生命
固执让它产生意志

还会有谁
始终陪伴着人类?
从抛石机的石弹

到石头垒筑的城墙

昆仑山的雪水

让银河清澈见底

在崭新的黑暗中

它闪闪发光

质朴不是智慧吗？

美德也不会总是孤独

注定它天生不凡

在所有人之中

并非它目中无人

因为在万物之中

帕米尔颂

一眼就能看出的年龄
我还能用什么欺骗你？
唯有真诚，才能在你的臂弯里漂浮
被你的长发拍打
和田河被翻过多少次
然而你像掉落的一个春日
既有所爱
就应当存在

像一只鸽子
给我健忘的心灵发出命令
化为一块美玉
为了让我拣拾
我把它戴在你的手腕里
而你却是我接纳的宝藏
最美的喀什
我从北京起飞，奔赴你

最美的塔合曼乡
我从喀什开车，去寻访你
最美的慕士塔格峰
我从塔合曼乡出发，去仰望你

最美的卡拉库里湖

我从慕士塔格峰俯瞰你

你藏在原石中

就像希腊的神，都躲在山上

她们只负责点燃

爱人心中美丽的火焰

一个石头叫斯里兰卡

还有一个石头叫马尔代夫

两个巨大的原石

掉落在印度洋上

当岛上的人民醒来

发现他们有了一个新女王

她嘴里嚼着玉兰

脖颈上戴着玫瑰花环

叫声洪亮的大象

在履行导游的职责

它开心地走在自己的道路上

裹着大海的披风

因为她的心被海风充满

她就亲吻了它

没有爱，怎么能够成为人类

没有生命，怎么能活下去

印度洋的暖风

吹不到帕米尔高原

慕士塔格冰川

也受不了海风的温暖

从公格尔九别峰顶

向遥远的大海撒一张网

只为了打一条鱼

其他的都可以放生

她赤身裸体地在床上欢跳

只接受塔吉克雄鹰啄食

那只鹰，在喀喇昆仑山间

随着气流游动

想象它曾经也是一条鱼

天山、昆仑山，曾经都是海底世界

雪山，它的白确凿无疑

就像海之蓝，也是确凿无疑的

因为洁白，不能被玷污

因为蔚蓝，更能赢得信任

此刻，女神穿着雪白长裙

从每一座山头向下走

她们簇拥的那一个，更是丰姿绰约

她愿意来做我的妃子

此刻，要如我所愿

把我的身体当作一只透明的酒杯

放进光，要有色彩

放进酒，要有瀑布

放进爱，要有火焰

放进年龄，不需要有数字

还能放进什么？

它能够接纳我全部的欢乐

如果过于欢乐

就需要掺进一点苦涩

第三辑 / 2022

冬之歌

现在还是炎炎夏日
我已期盼冬日来临
任凭树叶凋零、鲜花枯萎
小河冰封
茫茫大地，终于脱俗
流露清淡纯洁的主调
隔着窗看
放慢了速度的白色瀑布
把脸贴在玻璃上
听远方滚滚寒流
太阳，又轮到你送温暖
紧贴大地母亲的身体
草灰里的烤红薯
等待一家人围炉而坐

冬日，到哪里采摘花朵
到哪里撷取阳光？
为什么，下雪不打雷
夏天，却电闪雷鸣？
生与死，在这里被更多地议论
不像在春天，婴幼儿都破土而出
生命落幕的时刻

受到一片欢呼

在你最后的旅程中

让我心怀感激

所有与你相识的人

表现出爱和尊重

这些感受在你死后的日子里

已经很清楚了

你为我们树立了榜样

让傲慢的人变谦虚

感谢你和我的伙伴关系

你给我一个确实摆脱困境的机会

往事如涓流

思念似大海

每一个人都能够分享独特的回忆

这又是每一个人的同感

失去你是理所当然的事情

我们早已被提醒过

你送我们，而不是

我们送你

所有人都看到

你目送亲人时脸上悲伤的表情

我们爱你

你爱世界

更高的生命

是拥有高尚的情操

分享你生命最后的时刻

这不是所有人都能获得的荣幸

伤感和唯美的环节

是最后时刻的衷心声明

全世界的森林都在向您靠拢

绿色的棺椁

不会腐烂

也不怕被盗掘

而我只能代表天地

向你表示衷心的敬意

不用等待春天

也不用期待冰消雪化

去花儿开得更美的地方

我灵魂的近亲

数数树枝上的花苞

每一个都是相会的日子

在我心中，有欢乐的花朵

永不凋谢

它们逗留在世界上

用雪遮面

在滋养万物的太阳旁

吸入灵气

旧爱之歌

——纪念卢晓莉（逝于 2022 年春暖之际）

昨夜风太大

吹走了一架小飞机

孩子问妈妈：

我能不能活着，离开这个世界？

你怎么会知道鱼的悲伤

它把泪水含在眼里

镶满钻石的表面

是对星空的旧爱

一些花开放

一些花凋谢

一只眼睛从来没有想过

去看另一只眼睛

花朵都跪在地上

向着远方的圣城朝觐

金星对着地球说

我们是彼此的星星

年轻的古代女子

轻盈地跨进雕花的棺木

波浪给大海文身

划出空间的彩船

过时的电脑沉入海底

形成科幻般的珊瑚

留在唇边的口红

逾千年而色不变

散发着香气的桃花

在自己生命的途中

被迫飞转的年轮

不小心就走过了一生

露出脸的鬼

一点不可怕

心爱的小马车，装满甜瓜

甜瓜唱甜歌，甜蜜蜜

深蓝色的夜空

被你眨着的一双大眼睛

大熊小熊爬树

金牛吃着闪光的草根

白羊蹑手蹑脚

经过打盹的狮子

黑暗，叠成群山的样子

整整齐齐码放在天边

月亮，这颗巨大的玻璃心

从古至今，不知碎过多少回！

夜空里的一座孤岛
被海水淹没了一半
这个地方叫月亮湾
被忽略的宜居之地
啄木鸟坐在树干上发微信
嘟比嘟比嘟，在吗？在吗？
里面传来遥远的回声：
吱吱吱吱，在呢！在呢！

意外之歌

果然不假！你又来造访
熟悉的小路、神圣的山口
我的儿，你从西域归来
现身在达坂，背后是蓝色的冰川
我的眼睛里闪着泪花
我们总是低估自己
人生最大的喜悦
除了意外，还有什么？

在黑夜巨大的腹部
崇山峻岭，百转柔肠
有一颗星，逗趣一般地
执意要崭露头角
它也在拼搏，努力挣脱黑暗的束缚
虽是雏形，已经很强大
它的光明，照亮了一座村庄
引起又惊又喜的骚动

隐隐雷声，沿着闪电指引的道路
他们预感到又有新生
神高高在上
兴高采烈，变换着把戏

他指腹为亲
快乐地播撒生命的种子
然后送来微甜的甘露
和阳光的测孕棒

我们都是造物主
在每一首诗里藏着一束光
皑皑白雪在山顶闪耀
朵朵鲜花开满阿拉尔金草滩
春天，就像中年的孕妇
小心翼翼地，走着微风碎步
步态让她更妩媚
脸上容光焕发，心满意足

一个很酷的想法
等肚子大了再说
穿着春风宽大的衣裙
用夏天的炙热束腰
去漫画医院找卡通主任
画一个想象中的儿子
等着古尔邦节的歌声响起
再捅破这个天大的秘密
这是一个很酷的想法
等肚子大了再说

久已忘却的，草原上的月亮

像往事在心中升起

果然不假！漂泊的儿子

伫立在明亮的月光下面

像一匹神奇的野马

他听到母亲的声音

我知道，新的生命，来了！

这样的喜悦，在亲人重逢时才有

它在我的血管里奔跑

每一条路，都跑到尽头才折返

它要领略我生命中的一切

然后开辟自己的领地

相爱的一切依然忠贞

默默的感谢从未泯灭

欢乐过当会引来嫉妒

深藏不露又心有不甘

我该向谁表达谢意？

不能言说的快乐更使人忧愁

我应呼谁之名？

明天和将来让我俯首听命

阿曼尼莎

最美丽的女人
为什么要让她装扮成特务？
古兰丹姆
让一个世纪的男人着迷的名字
美丽的外表
遮住迷离的身世
不该这样忧郁啊你的眼睛
你无缘为爱而欢愉

风雪趴在山坳里
不再打扰你的宁静
冬天沉睡的葡萄
用冰酒招待汉族的客人
仪态万方的原野女王
被姐妹们从甜睡中唤醒
我们的信条是欢乐
我们的庙堂是山山岭岭
你尚未衰老
永远不变的二十五岁
要把三千首木卡姆
伴着悦目的舞蹈唱完
雪莲花啊你紧紧抱着风暴

收敛它的坏脾气
春天开始给大地布施
复苏的心灵倍感欣慰

因为你，此生痛苦都值得
我知道，它是服务于希望的
你的魅力巨大
只会出卖我的灵魂
我不歌唱，是因为我不知道
这希望的日子何时休
进入漫长的通道
除了入口，只有远处的光明
一厢情愿难成眷属
如果说我爱你
那是因为，你也曾经
欢愉过我的心
古兰丹姆，你早已从屏幕上走下来
踩着缀满鲜花的树枝下凡
像朴实的甜瓜，成群结队
漫步在田间地头

小时候看电影
就是去看电影里的坏人
古兰丹姆，冰山美人
没有一个男人，不心念于你

尘封的旧爱
遥远记忆中永恒的绝唱
花儿还会这样红吗？
那又能让我们怎样！

第四辑 ／ 2021

萨仁图雅

2021 年的第一首诗
我写给你，萨仁图雅
你不相信人的运气吗？
有时也是说来就来
而我更相信
它是我多年的积蓄
突然有一天
把我变成了百万富翁
从此我不再嫉妒任何人
我心中的美到你为止

当我拥有你的
那个神圣的时刻
我会跪在大地上
向着长生天祈祷
把你从金色的云层中
领到人间，领进我的毡帐
绚丽的霞光
从你优美的指间流出
芬芳的香气
顿时充盈了天地
到了傍晚时分

山山岭岭，在夕阳下徜徉
因为太美，或是不忍睡去
或是在睡梦中苏醒

颠沛流离的南宋
是你的自传吗？
高贵的白雪还一直下着
覆盖了身后的车辙
在元军追赶的路上
你守护着美丽的词句
而我的幸运，在九百年后
终于把你迎回大都
成箱的宝物不足惜
唯有忧伤相伴

忠贞总是面临考验
鲜美的禁果诱我品尝
这是最后一次吧
终于看到美，这最高的法则！
每天夜里，神秘的钟声唤醒
富有美感的大门缓缓而开
风信旗默然作响
宿鸟在林中欢唱

我知道你正沿阶而下

头戴微腾花的桂冠

眉宇间藏有书卷的清气

乌黑的长发浪漫又飘逸

天籁之音自由地表达

歌声四处寻找你的芳名

此时，心灵纯洁、亲切

像星空一样坦露

而高尚和豁达

让人走向至上的境界

我必须把头一次又一次

浸入清醒的水里

你是神投下的一粒石子

在人间激起反响

如此之美，无力加以描写

所以痛苦无法描绘

心中掩埋着想你的思绪

日日上演痛苦的戏剧

俄狄浦斯所受的煎熬

如今在亚洲大地上延伸

所有罪过都来自

那双多余的眼睛

欢乐像重负一般

需要用爱意的双臂托起

充满渴望的心

无法让我知足常乐

需要多么冷静的炉火

才能冶炼出一切纯净之物？

即使非凡的英豪

我也不信他能够抵御

英雄和凡人合一

本来就是戏剧的真谛

稻谷颂

——纪念袁隆平

稻田里的蛙鸣颂歌阵阵
混合着镰刀割穗沙沙声
稻谷就要成熟，滚滚稻浪
响沙般让人精神振奋

隐形人，在禾下乘凉
临终前最后一天，他已筋疲力尽
阳光抚摸着他的胸脯
雨露轻声地和他说话
一双泥腿终于无法自拔
快要熄灭的眼神也难以重放光芒

一道闪电划过夜空
时辰到了，稻草人为你送行
预感到你要撇下我们
吉祥的燕子何时再返乡间
留下欢乐又充实的生命
和人间最美的风景

我向你致意已经很久
没有人教我这样做

感谢你，为我留下一座神像
做一粒好种子，成为我的信仰
而最好的方式是
在祖国秋天的场院
用金黄的稻谷
为你扬起一座金字塔

英雄豪杰，都是受了神的启示
看似其貌不扬，庄稼都能高过其头
像蜜蜂一样，围成一桌
却不知，你是中间的这一个！
几株雄花天生不育的野生水稻
意外发现了你
雌雄同体，毫无违和感
古老民族都来源于感光生子

最初的记忆都是饥饿
何时不再为食物发愁？
画家永恒的主题是
把饭碗端在自己手里
稻穗和棉花插在一起
正是人类状况的隐喻

何时母亲的心
不再为干瘪的乳房痛苦

兄弟姐妹友爱

不再为碗里的食物发生争斗

孩子们像鸟儿在枝头玩耍

为爱而生，为欢乐而成长

当人类恢复了体力

心中重新充满致命的梦想

务必告诫自己不再挑战法则

生命的代价已经足够

水渠加班加点

给大地的孕妇运送物资

插秧机疯狂地打字

秋天收获丰厚的版税

在饥饿的日子里，你是神

温饱的日子里，你又装扮成一个人

仓廪实，衣食足，远者来

挂职完毕，留下福祉

冥府里的人没有责怪你

只怪自己生不逢时

他们羡慕将来的人民

衣食无忧，不会白白地死去

活着的人缅怀古代的一位圣贤

一颗种子，何以养活中国？

酒，是你的化身
还有各种形象，做成各种食物
广东肠粉、云南米线、宁波汤圆
哪一样不让人馋涎欲滴
你又化现二十一度母
五百度母，无量无数之多

天堂哪有稻花香？
打开电饭煲，才闻到你的气息
苍天、大地和你，三位一体
一稻济世，天下无饥
繁星无数，撒进天空里
夜已深，满天稻米喂金鸡

边城颂

谁还能记得它

三省交界处，清江岸边

如果不是大师的虚构

注定它游人罕至

城门如同一本旧书的首页

璀璨的灯光，星辰完美的构造

回忆把远近连在一起

每一条街巷都喜欢串门

因一本书被装进口袋的

这座幸运的城啊！

满怀期望的船帆

不知被时代吹往何处

船体在河中漂流

像焦煳的历史废墟

越来越美的翠翠

站立在清江的木排上

越过我的额头

眺望对岸三不管的极乐岛

从沉醉的丘陵上

为我提回美酒佳酿

山泉冷却后才流出地面
一如蹄铁冷却后助马儿奔跑
暴风骤雨，当它们收敛
就变成了河流
显示有更高贵的力量
并不在时常的暴露中
从杨小姐的清吧下面经过
流水喧哗，不止于此
反反复复被说的话
不是魔咒就是吉利的语言
藐视死亡者
都有疲惫不堪的灵魂
本能地繁育后代
有时也思量被赐予的幸福

如同基因变化之慢
数十代没有改变
迁徙的鸟儿
唱着同一首歌飞讨一座座山峰
当它们回过头来张望
发现声音都已哽咽
离开的人都没有再回来
只有后代们在那里炫耀
还要选一处房子，当作赠品
作为他们的故居

千篇一律地摆放八仙桌
官帽椅和书案

他们早已不属于人民
越是久远，越是被当作神照看
就这样安心被供奉着
按照村民内心的习俗
通风的住宅，自由而又古老
每到青春，心也如惊蛰
在被践踏的土地上
用虔诚的手撒下种子
如今商业把它繁荣起来
也没见它喜极而泣

太阳难得，温暖着我
随遇而安是生活的常理
相信使自己长存的
一定属于自己创造
灵魂若是待在阴暗处
阳光也无法驱赶悲伤之神
神奇独特的思想
一株株，从大地攀爬至天空圣殿
人类也如极乐的树林
生生不息近于不朽

雅威颂

这一刻，我发现可见的黑暗
戳破了我们永恒的面貌
对着昔日，我呼号，我的万能的父
遥远的回音，穿透黑暗回来
深情并置的两个世界
隐约不安的亚当之桥将它们勾连
当他像挚友丢弃肉身，向我告别
我必用整颗的心，将他牢记

人一生，都以寓言开篇
满眼是未来的想象世界
咿咿呀呀，唱着天真之歌
结尾处，似乎领悟了一切
或留下伟大传奇的诗篇
或是启示录般的最佳短句
走上审判之桥，下面的万丈深渊
被月亮深情地凝望

我的双手沾满了鲜血
是我落世为人的投名状
母亲用宫血给我洗礼
为我立约，此生遵行正义的道路

即刻，我确立人生目标
一切付出都是为了光宗耀祖
如果犯下违逆之罪
必有恶魔来将我撕碎

冷不丁叫一声他的名字
他答应，我在这里
他是我思慕的父亲
藏匿在史诗文本里
他的亲生儿子
正如他用红土把我抟出人形
往我鼻孔里吹入他的气息
把我做成了活物

每一个平常的日子破晓
都预示着一个个完美家庭的结合
真实的伊甸园
都自创于和睦之家
我虽出自母腹
却诞自他内心
终有一天，当时间把他泯灭
我不会像一件庸劣的作品

生命最后的章节里
写的是他在沙漠里行走

脚步越来越沉重，拖着身后的沙丘
如同与真理为伴，被它拖累
希望是向下的力量
而痛苦在向上升华
尽其天年，完美的年龄
肉身消失之后，获得永生

人死后，他所经历的
都变成了虚构，卓荦超群的祖先
需要他时，他就是
高高在上的一束光芒
如果死亡也有文本意义
它重复地出现，像一个模仿大师
带给我们快乐的冲动
也带给我们悲伤之喜

当神圣死亡的奥秘泄露
梦境降临其身，犹如仙境
他开始做一个真正的梦
享受被赐予的深沉酣睡
死神，如果你愿意与生同在
就不用逃往任何一处
你可以藏在阴阜听虫鸣
也可以在蓝天上偕鸟雀

他将去往的神圣王国

有着死一般的魅力

因为死而平等，人人皆有的财富

散发幽暗且美丽的光芒

永恒慈悲的时间

生死轮回，都在意料之中

婴儿学习走路，活着的人

都在匆忙地学习死亡

父亲身上，有人类的孤独

他是光荣战士、神力的化身

给我一个古老的天

给我一个崭新的地

给我宇宙初开的一团混沌

给我缘起性空的无知无识

每个人，都命定一个父亲

而所有人，只有一个上帝

千千万万的生灵

再也没有开口说话的机会

死去的人们

再也无法遥望故乡

死的宇宙，背景更暗淡

自然置于心灵的对面

一颗没有灵魂的恒星

它的孤独也缺乏神性

当我有了种种力量
以为是身体里原来就有的
灵魂从心头探出
我以为那是它藏身之所
很多人，年纪轻轻
便汲汲然奔向人生的终点
越是风帆饱满
越是离死亡不远

在我们称赞的时候消失
食物与男人，本是天经地义
忘却的时候，他又出现
在血液中，始终与我同行
我哭喊着，呼唤着
他也不会出来相见
妙不可言的相互感应
非肉体所能理解的崇高之诗

崇高须依赖一种疏离
压抑过程使其玄秘
父与子，何尝不是片断的解读
让他们的一生自我责备
他们永远都在回归途中

回归心灵之中成俗的家园
那里熟悉而亲切，鸟人鸟语
说出的话都表达真心

暂时的疏离，永久的回归
压抑，却至臻的伟大力量
不懈的渴望，如火焰之桥
创造永不衰竭的想象
遥远的崇高，同时也是一个谜团
光彩之门拱起，应是天堂的倒影
这天地，被清澈的词语浣洗
用忧伤和泪，歌唱诀别之事

桑吉拉姆

西藏的夏天，慢且悠长
难得有闲暇，来到这里神伤
桑吉拉姆，风的长发
雪水一样清澈的眼睛
在万籁俱寂的夜里
你的呼吸在我耳边飘荡

每一个山头居高临下
观赏身下的河流东奔西走
谁都想按自己的心意度过一生
皆因阳刚之气太盛
人若不遂天意
天也难遂人愿

花光所有的运气
最后发现，不努力还是不行
进进出出我人生的朋友
身上长满了羽毛
每一根羽毛上都有金色的阳光
它们在天空的隧道中鸣叫

清澈到见底的雪水

每天都在哗哗流淌
没有忧愁和烦恼的逼迫
它们在大地上漫游已久
在洪荒之地也没有感到冷酷
没有爱情也能心满意足

桑吉拉姆，等我退休后
你就开一家咖啡馆
每天只需要为我冲泡一杯咖啡
然后陪我坐一个下午
看着两条平行流淌的河流
找什么借口来这里交汇

桑吉拉姆，你就是一条河流
你舀一碗水，借风之手端给我
当我喝下它，是想起旧情人
还是把你全忘掉？
我心静如水，进入孤寂之境
还是喋血，锁定在天空低飞？

你能洗涤我的伤口
再红的血，也能被你稀释
哈哈，那我的致命伤呢？
也能被你的冷漠麻木
各种神灵，我跟它们断了交往

失魂落魄，欢欢喜喜地回来

给相爱者赋予另一种生活
欢愉的一天，轻易不能放它过去
即使困乏不得不睡去
醒来后还是后悔不已
如果忧愁能让人延年益寿
不妨试试，或许有深意

沿着常春藤的藤蔓
拜访每一条河流的源头
札达土林，奇特的地貌
掩藏着六百年古格王朝
我以为来到蛮人之地
而江河的伟大抱负都来于此

看似陈腐的法则
保守着人类的道义
故江河虽然也咆哮
终究还是被河床束缚
人的一生，大部分的时间
都用来考验忠贞

高原的阳光，用痛苦
活生生，历练人的灵魂

爱情从羊奶中提取
像醍醐一般从口入心
来到高原，那形而上的思想
就自然而然被我接受

花乡颂

你们知道吗？
中国的东北有一所大学
吉林大学
吉大之大
有人说，美丽的长春
坐落在吉林大学校园里
你们都知道
我们北京也有一个地方
她是花卉之乡
花乡之美
有人说，伟大祖国的首都
坐落在丰台的花乡里
吉大是诗人的故乡
花乡是鲜花的家乡
东北的游子、吉大的诗人
行吟在花的国土上
面对眼前美妙的一切
他担心无力加以描写
他也想戴上一顶花的桂冠
得到香巴拉国的签证

走进香巴拉

花朵上写着奇异的文字

每一个阳台

都是富有美感的大门

吸引孔雀走来

绿地作为陪衬

我们去每一家做客

就从这里进出

而无须走进狭窄阴暗的楼道

面对毫无表情的铁门

人们不再与世隔绝

邻里不会不相往来

你家的花朵我来浇灌

我家的樱桃你来采摘

你是我的心中闺密

我是你的左右芳邻

面如桃花，烂漫芳菲

唇不点而红，眉不画而黛

心灵温文尔雅

举止落落大方

每一座阳台

都能让我看到主人的容貌

她和她多重的内心

和他们可塑的性格

进入社区

宛如进入了自然

朴实表现完美

平常蕴含高尚

花儿美，因为她在阳光下

丹府赤，因为她在我心中

花是心灵的绽放

心是花的收藏

造物主，其实跟我们一样

白天劳动，晚间休息

但谁不愿意栖居在

如花盛开的田野？

一米阳台

一米阳光

一花一街道

一叶一社区

白天人流如小溪

夜晚露出银河般的河床

家庭的天使

每一条血管里

都输入了温暖的甘霖

就餐前祈祷灵魂净化

在烤热的面包上

抹上霞光般的花蜜

偶尔人也会有忧伤

像流星一样从眼前划过

而鲜花诱导我们

获得一种更加快乐的生活

这是美的尺度

凡事可以被用来丈量

人生即舞台

每一个家庭都由此登场

每一朵鲜花

都承载着小小的欢乐

而我们更应该

表达由衷的感谢因为

它们是无数可爱的精灵

留下的足印

我们不假思索地追随

跟着匆匆的时代前行

此时，鲜花在合唱

诗人在领诵

太阳和欢乐

在高处照耀着我们

天地之间

充满灵感和歌声

第五辑 / 2020

望星空

辽阔无边的时光墓地
谁惊醒了睡着了的白骨精？
午夜，撞击大钟的
是死神们碰杯的声音
诸神，他们才没有人类的担忧呢！
时光对他们来说取之不尽
只有时光，才是我的财产
越来越少，越来越珍贵

爱的光芒照进夜晚
照耀着所有的死者
人为什么要在荒山野岭
圈起家族的墓地？
塔克拉玛干的边缘上
散布着西域三十六国的故城

好斗的男人们早已心平气和
跟甜蜜的瓜果睡在地下
抬头就能瞻仰星空
祝福的目光来自天上的乐园
死神，也有优劣之分
你不用心也难以捕获

星空戴在神的左腕

液晶的表面镶满了钻石

华丽的舞会上

让所有的女人惊艳不已

夜也因此变得无比神圣

用它的威权保护财产和生命

在深蓝色的穹顶上转动的

是时光的指针

白天像一台微型发动机

就藏在男人的袖口里

没有更加幸福的感受

能够比得上望星空

时光在我的怀里长大

但它不会像人那样衰老

站在它弯曲的穹顶下面

就如同接受神谕

在这里，一尘不染的圣地

神灵聚精会神地下棋

任凭时光、电光掠过

也不能把他们惊扰

当湖十局仍有仙气

擂争十番棋是名人之所

这些阅历已深的大师们
教会我们神圣的法则
老人指点着天上隐没的棋子
跟他的孙子促膝谈心

今晚回到慕士塔格峰下
这里有一座卡拉库里湖
我用手轻轻地把湖水摇晃
怎能让我的思绪这般凝重？
它把星空神奇地搬运下来
成为地上辉煌的宫殿
我的寻访之地就近在咫尺了
只要我鼓起透明的羽翼
它们在夜间由软变硬
我便能丈量这幸福的疆域
它到底有多么宽广
我快乐的时光是否也无尽永前？

可是尽管时光短暂
人还都百无聊赖
而我为了不耽误时辰
即使拄着双拐也大步流星
仰望星空让我发觉
时光神奇地治疗了我的痛苦
我想流泪，泪儿又止

那是因为我的心欢愉
我已扫尽了心中的尘土
我是你们的豁达诗人

光明颂

神圣的拜火教教徒
他的宗教早已消失
古老的经卷被埋在了地下
演变成一页页翻卷的煤层
这里一切都有巨大的尺度
绵长的阴山用来丈量大地
北坡缓缓滑向蒙古高原
断陷的盆地下煤藏丰富

恰克恰克
沙漠中哪里来的水滴声？
那是人类的渴望
藏在心中的源泉
炽烈的阳光射出云层
高耸的山峦镀上金边
每一条矿脉都藏匿着光芒
像人的心中善意永存
光明和黑暗，两个世界并立
人自由选择不同的方向

如果真的有地狱
也不妨往下走一走

摸着潮湿的墙壁

脚下打滑，瞳孔放大

四周都是黑夜

鬼影幢幢，拍我的后背

堕入地狱的人啊

今天我来探访你们

并非我能拯救你们

你们并非都是冤魂

我怎么就忘了呢？

随手捡起一块石头

都可以点燃成火炬

把我引上平坦的小径

痛苦迫使人屈从

爱也能够让人就范

我听说，地狱也可以反转

成为宝瓶天宫

在我的上空，星光闪烁

永不凋谢，欢乐的花朵！

大悲水之海旋转上升

佛光照亮须弥山世界

千手千眼观世音菩萨

虚化形象渐次映现

每一只手里都有一件法器

千朵莲花随音乐盛开
金色佛光中，苦海无涯
诸菩萨倒驾慈航，为度众生
我、大地和光明三位一体
执着的信念在此生成

诗意如禅，要靠诗人发现
趁胡杨金黄，把时光锁定
哪一块石头透露地下的信息？
哪一株草是时光好转的先兆？
长年累月的沉睡
蹉跎了多少光阴
有朝一日发出太阳般的光芒
把万物从沉睡中唤醒

树木朝拜似的站立
睁开的眼睛感受闪光的一切
倘若你正想开口
四野里顿时歌声阵阵
倘若你有想做的事
现在着手一点也不迟
带着好奇的心思登上山冈
想想神如此偏爱我们
地下埋藏过冬的炭火
还有什么后顾之忧呢？

第六辑 / 2019

亡灵颂

亲爱的人！我并不是
在清明才会想到你们
我今天在绥中，在东戴河
在邓文岩①的梨园里杀猪宰羊
当我把酒洒在大地上
你们陆续出现在我眼前
宴饮时我看到筷箸上下翻动
玉液琼浆增添节日欢乐
篝火也翻动，册页都发黄
这季节，还有些寒冷！

我们的祖先眷念泥土
都愿意被大地所覆盖
为它们栽满苹果和白梨
用四季装扮这里的山丘
亲爱的人！我思念你们呀
这里虽不是我的故乡
但也像身临其境一般
被天上的繁星照耀

① 邓文岩：作者在绥中的朋友。

你们无处不在

你们都已千百岁

驾着舟楫在滚滚波涛之上

或在亚细亚的深山密林

在某些时候，我与你们发出共鸣

只要有人歌唱，就会有人遐想

在神圣的殿堂

当前奏曲响起

便如黎明时分

太阳照亮一片海水

我是你们偏爱的人

否则你们怎会齐聚在我身边

我们一直相互思念

流着幸福的眼泪

当肉体被火焰蒸发后

剩下的残片才刻骨铭心

爱情的故事都变成宝贵的哲学

需要用生活才能领略

谁说富贵在己不求人？

哪一条河流不是福泽

如果有德行，天降预兆

不管如何占卜，都是吉人天相

所有的恩赐，都来自遥远的年代

来自那些睡去的人
他们藏身于古老的诗歌
让我们跟遥远的时代藕断丝连
每一个诗人，都是撒下的种子
在风中传授着花粉
透过原野上神圣的朝气
漫游到我们的身边

即便命中真有劫数
也因为你们，我才有如神助
你们留下思想的宝库
束口锦囊里固封密札
只要我们的灵魂里不枉有忠贞
不被甜言蜜语所包裹
总会逢凶化吉、遇难呈祥
终不会被神所抛弃

生命的最高境界
莫过于寿终正寝
我常常为那些人痛惜
他们辗转于病榻
命运对待他们
就像对待异己
而你们，从未归于黑暗的王国
用预言对我敞开胸怀

当我结束我的歌唱

单独一人与神谈心

我一定要问清这是非缘由

把幸福的密码植入人心

亲爱的人！亡灵！

你们寻找到更高的生命

住在花儿开得更美的地方

心地已经极度纯净

我扮成雄鹰在天空中

一眼便能认出你们

你的千变万化让我激动

此时你像海风在我头顶高喊着：

你！既要心高气傲

也要博爱所有的人

头颅颂

我抱着你冰冷的头颅
它马上就要化为灰烬
缓慢地走在向东郊的路上
你闭上眼，最后一次检阅北京
你发现了年轻的你
骑着一辆自行车飞快地超过
灵车就跟在他的身后
直到他在一个拐角消失

火光之中
另一个世界的门已经打开
幸福的人们如暖流上升
悲哀像冷气沉积大地
你正在办理神殿的入住手续
受过神谕的人都要人脸识别
大堂的背景
是慕士塔格峰和公格尔雪峰
神灵们都行走在
喀拉库勒湖璀璨的水面

你的头颅像一本书
在火光中被焚毁了

剩余的残片变成了甲骨
像天书般难以辨识
炉工用木槌熟练地把它敲碎
谁又能责怪他的无知呢！

你看着我在摇篮里长大
用温暖的话语给我注入思想
神用心造出一些人
让他们成为另一些人的榜样
你给我的馈赠并非不多
默默的感激从未泯灭
我担负起诗人的使命
要让沉默的人民振作起来

恭贺你的乔迁之喜
欢乐的雷鸣已经此起彼伏
像窝阔台汗巨大的毡帐
四处都可取到玉液琼浆
向神报到不需要投名状
只要不隐瞒他就给你尊严
你还不熟悉这里的环境
但很快就会习惯这种幸福
快乐变成普遍的财富
不需要用金钱去兑换

这大地上的古国遗风

就由我来继承吧!

在你那里,我想念的人越来越多

而这里,还有不少人让我牵挂

人的选择真的很难啊!

无一哲人能使之两全

我会时常手捧你的著作

就像抱着你闪光的头颅

语文老师教会我们的

文章的最后都要升华

每当我从书架上取下一本图书

就捧起了一颗智慧的头颅

我希望我的书架上

今后不要存书太多

尽管和智者相处让我陶醉

夜深人静也会悲从中来

三顽颂

——致老徐、老海和老白

你们仨！为何这般匆匆
行走在尘世与天堂之间
这几个行走着的荷尔蒙
让朋友圈里的女孩尖叫吧
她们很想知道墨镜后面的
那双眼睛在对着谁看
隐藏在胸中的那颗火热心灵
危险中透着致命的魔力

青翠的山谷泉水淙淙
草原肆意铺展它的绿色
无须入夜，这里也是一片静寂
纷繁的花朵在秋日里怒放
神就在你们的上方
魔鬼都圈进鄂尔多斯的鬼城
天上的琼浆会让地上的植物成熟
每条小溪都泛着金子的光芒

头顶上翱翔的无人机
与鹰在高高的晴空对视
太阳每天都提前把向阳的山坡烘热

古代的丘民背靠它度过寒夜
你们仨，面朝南
叫出亲爱者的名字
还有大地和光明，三位一体
永恒的爱跟你们从未中断

一个奇特的现象是
幼时的玩伴老来还是玩伴
甚至比自己的老婆
更像是老年的配偶
游山玩水，不是年轻时的梦想吗？
奋斗的目标也不过如此
有钱有闲，隐于市或隐于山林
此乃人生大境界啊！

选择一条至孤的苦旅
棋盘外面的世界不复存在
神游于蓝色的蒙古高原
与内心的纠结相去甚远
你们仨，合成一个武宫正树
足以围起一个大模样
引诱赵治勋孤军深入
你们风乎舞雩，咏而归

懂得了何谓自由之后

才会踏上这神仙之旅

唉！虽然这颗心仍像当年那般跳动

事业和责任却让我屈从

跟着你们的手机定位

我孤独地领略着沿途的风光

这是一条我采访过的路线

西林吉、图强、阿木尔

琼瑰颂

你在哪里，神圣的光？
在岩石的包围中
如同在母亲的怀抱里
微弱，却一点也不暗淡
深深的地表之下
发出婴孩一般可爱的声息
而我爱在深夜时谛听
快乐之神由远而近

草场已经返青
花儿开始斗艳
溪水比寻常更加欢乐
飞鸟也不再独坐枯枝
我走到山冈上
更贴近这绿色的大地
举起手中的酒杯
倾倒出万道金光

我已经被你迷住
并和相爱的人分享这快乐
你悬浮在无重力的母腹中
像宇航员准备出舱行走

在高高的天空之上
散布着星星的岛屿
你仰望着蓝色的星球
发现上面父辈的家园

隐隐的雷声像解放者
一次次催促着新生
古代的驿站上
传来遥远的马铃
而你还在岩石的拥护之中
并不像我那么着急
只是让那些先行官
一遍遍释放出消息

我的眼睛为之发亮
一个新的节日即将来临
草原上的查干萨日①之歌
无愧于你的父母的欢乐之作
云层中透射出的光芒
如石破而天惊
你是神派出的最后一位使者
将思想化为深思熟虑的行动

琼瑰！我听见大地在轰鸣

----

① 查干萨日：蒙古族一年中最大的节日，相当于汉族的春节。

你是爱与痛交织的形象

越是受到挤压

你的内心越灿烂

像心志高远的人

你收敛着光芒

藏身于普通的石块之中

种水俱佳，阅历已深

但你现在还很怯懦

像翠鸟藏在石缝之中

在潺潺的忘川之畔

有河工把你捡拾

你与尊敬的死者交换位置

正所谓：从来处来，往去处去

你踌躇着不敢跨越你的时间

不知此行与汝何干

琼瑰！我看见血液在奔溅

你是神与人共同的作品

我说过，决不做一个说教者

也不会像你的母亲喋喋不休

趁你尚未辨闻我的声音之前

透过大地之腹告诫你

对神敬畏，对人友善

这是对你一生的守护

耄耋颂

气力已经从身体中流失
双臂悬挂，你的容颜已改变！
燃烧的群山慢慢沉寂
黑暗的大门徐徐开启
你把我当作一根旗杆
尽管这也不能让你站立许久
你的旗帜落在我的血液里
然后你像护旗手滑倒在地

然而在我出生之前
大自然已经这般迷人
年轻的原野披着婚纱
悦耳的鸟鸣捎来亲切的祝福
你和我的母亲
像失散多年的兄妹
在百花丛中相会
奏响欢庆之乐

鸟儿到处拍打着翅膀
幸运的春天有千般喜悦
你找到我的母亲
一起品尝爱的佳酿

痴迷的灵魂挣脱桎梏
接近最无限的乐趣

时光从不辜负有情义的人
亲吻过后便有了爱的神力
强烈的渴慕吹向每一条根茎
原野上凝结着幸福的露珠
如果要记下这良辰美景
只需要按动身体的快门
当芬芳的大自然在甜睡中醒来
我已躺在时光的怀抱里

你们事先商定好
为了我此生值得痛苦
当有了需要守护的宝物
才会有信仰和力量
我也不是单靠食物而发育成人
教导比琼浆更富有营养
就像心灵的成长
不能只靠感受
没有一个独立的人格
不是由思想铸成

足够的空间让我好高骛远
神圣之气都升华在高处

越是美妙的青春
越是燃烧得充分
如果因此而烦恼
一生就将永无安宁

我的思念正在飞向朦胧的远方
对你们的爱与日俱增
我想变成一只鹰
去给你们寻找更美好的家园
送你一朵玫瑰吧
我听说要把玫瑰送给父亲
它热烈而又含蓄
把自己的心包得很紧

衰老是生命的定义之一
还没有人能够重写代码
永恒的秩序不会使人迷惘
铁定的法律反而让我们幸福
趁着可爱的太阳还未落山
童稚的心灵还未枯萎
我栖居在你们中间
像与大地的花朵为伴

而我终将被你们抛弃

在万顷波涛之上漂泊

更深的海洋吸引我

像出生时我在你们的怀抱之中

静默的苍穹

达到至美之境界

满天星斗涌出爱的泪珠

深蓝的天空情思万缕

火光颂

——怀念我的舅舅蔡有龄

看不见的火光！温暖的炉火！
当你死去时，是它护送你升天
它把你的身体分解成为原子
变成迅捷上升的元气
我们可以随心所欲地讨论神学
说明灵魂是什么
或是假设当你死去时
你的灵魂能否穿墙而过

当神使用火从你身体穿过
便是它催促你进行新的旅行
水分子也不再被氢键所束缚
各自弹开后逃逸到空气之中
脱水的遗骸继续被加热
碳原子在高温下跳跃如舞蹈
当蛋白质分解成炭黑时
这些黑色的颗粒开始发光！
这是你在准备逃离
天使般的氧气为它们装上翅膀

此刻我跟着这些气体爬上烟囱

好像看着很久前的一次火山喷发
那些不属于你身体的物质
也想跟着炙热的气体一起旅行
那些文字，也如思想的原子
燃烧后和你一起向上升腾
还有那些假牙中的汞原子
还有那些硅胶移植体
如果没有被捕捉收集
还会威胁他人的健康呢！

当炉工移交你的骨灰
不要以为那真的是什么"骨灰"
那是被炉工用火钳破碎成的颗粒
虽然动作有些粗鲁
好一点儿说，他是怕我们悲伤
不让我们看到大块的骨头
也难怪他们
不是每一个人都有神性
或许他们看到的本就是原子
就像会计看到的都是数字

你本不是尘土
无须归于尘土
而剩下的那一点点炉灰
只不过是留给生者的慰藉

这就是你身体的全部吗？
很难讲故事就到此为止
你的大多数原子飘散在空中
你死后的旅程如天马行空

对于这些原子
你的死并不会让它们终结
下降的气流通常往东前行
你会随着风到达地球的任意角落
想你的时候只要抬头望望天空
或者向头顶的空气挥挥手
你的水分子已经凝结成雨雪
或是沿途云层中的水滴
当那些原子转化成氮气
你正在给天空增添一抹蓝色

你可能被编织在树木之中
也可能在森林中以氧气的形式释放
你的原子被光所反射
变成一道绚丽的彩虹
如果你掉到海洋中
就会被海藻吸收，成为鱼的食物
如果你被吹到大气层的最上方
遥远的星系也会收集它们
再被外星上的狙击手

发射回来一道道宇宙射线

啊，树莓汁、鳄鱼泪
或许就是你残余的水分子
你那些飘在空中的碳原子
它们沉入海底，被淤泥所覆盖
在剧烈的高温高压下
结晶在一颗永恒的钻石中
这都不是什么神秘的猜想
而是放之四海而皆准的真理

火光，这温暖的火光
将你的所有原子一次性消散了
思考太多关于死亡的细节
让我沉醉在以下的事实
这火光给我留下了一个
美丽的原子的回忆
我爱的人既然可以到达任何地方
他必然已经在我体内居住

黄河颂

——致我的知青岁月

岁月像流水一般
源源不断地向我道别
古老的河道上，习习微风
一如当年，让我们舒坦
十七岁，黄河之畔
我在神圣的大地上漫游
金色的阳光穿透云层
照耀鄂尔多斯高原

时代大潮容不得思考
除非是神，谁不被它裹挟？
当我还是少年时
贪玩之心变得好高骛远
命运赐给我一次机会
不经意间把我推上人生之巅
幸而有神灵护佑我
常在跌落时把我托起

十七岁，黄河之畔
河水浑黄，却无比甘甜
我们的祖先因为信赖

而居住在它的两岸
他们汲取混浊的河水
喂养田中的糜稷
天国的恩赐得以分享
人们用繁殖表达谢意

这一尘不染的圣地
没有我想象的辽阔草原
草场沙化，土地盐碱
羊儿要吃饱，跟人一样是件难事
即使耕田而食、凿井而饮
还要祈祷天降吉兆
所以人们变得更加温驯
虔诚地劝阻上天的惩戒

我和你的一切是多么纯洁
男女间神圣的法律让你我不越界
那时我还不会喝酒
不知如何表达爱意
忙完了一天，像是重逢
在空旷的场院仰望头顶的繁星
每当喜悦让我词不达意
就感觉神在向我靠近

如果把人分成各类

我就是那些愿意为国捐躯的人
我的火热的胸膛
不都是为了怀抱女人
我脑海里时常出现的情景
血洗的战旗更加好看！
这无限而博大的乐趣
经常让我的灵魂打颤！

再宽阔的河水
也被囚禁在河道中间
它怒不可遏，冲撞着河堤
试图从它的枷锁中挣脱
大块的河堤崩塌
至今还鸣响在我的胸膛
时值冬日它又被冰块层层包裹
巨大的血管给大地输送血液

小小的快乐是因为
远大的前程在前方召唤
越是年轻的人啊
越容易被神选作使者！
青春之光，你在哪儿？
如今你又在年轻人身上闪耀
我的心虽已黯淡
但我祝福他们比我好运！

十七岁，黄河之畔

我已跟你阔别多年

太阳和欢乐还在照耀着我们

活着的人，他们依然相爱

如果河水志在千里

我没有理由不向前奔流

这里虽不是我的出生地

有谁说不比故乡更亲切！

故乡颂

很多人像我一样
不知道哪里是他们的故乡
既不是出生地，也不是祖籍
我生活过的地方实在太多！
那些忧伤的诗句
却无法打动我的心
我是一个没有乡愁的人
没有那段人之常情

我走过的地方都是故乡
每一处都有不同的果树让我采撷
在共同的阳光下
哪里的小麦都长势喜人
每一个过路人都得到问候
福星照耀着千家万户
让我离不开的地方
我就把它叫作祖国
就像我离不开诗歌一样
它终将把我埋葬

我赞颂故乡是因为
我的故乡藏在我的心底

羚羊在高原上奔跑

白云在蓝天上发呆

银色的山峰孕育了大江大河

阳光给越冬的小麦催产

桃花已经盛开，樱桃已经结果

红葛已经爬上墙头

天上的候鸟像流浪者

它们是从谁的故乡飞来啊？

大地上有好客的人家

早已为它们准备好别寝

而有一天，一束微风

像温暖的大手抚摸我的胸腔

我感觉它来自父辈的家园

像把小麦从寒睡中催醒

我想到我的姓氏

我多么希望有一位显赫的祖先！

每一个姓氏下面

都埋藏着一个古老的国家

我出生的燕云十六州

元朝称之为腹里

陪伴我长大的六朝古都

那是江南佳丽之地

我的祖籍是一个古老的封国

在远古的时代被叫作齐
春秋五霸之首
齐小白在这里九合诸侯

我听说在古代的人那里
姓和氏本不是一回事
氏来自父亲，或取于祖父
如果要让你的家族显赫
必须纵马横刀建功立业
然后受封于天王
氏于国则齐鲁秦晋
氏于爵则王孙公侯

我的故乡一定是一块
一尘不染的圣地
天籁之音在大地上环绕
人类的财富一茬接着一茬
它最受我的爱戴和信赖
给我的授信足够我经营此生
并不会因为生活艰难
才让我们才华超众

每一个节日都是故乡
比如端午节这天
我的故乡在秭归

汨罗江上漂满了芦花

我和诸菁扮作湘君湘夫人

一人划着一艘龙舟

她唱：沧浪之水清兮

可以濯吾缨

我和：沧浪之水浊兮

可以濯吾足

高棉颂

送你下葬的路上
我的心早已平静
白云在头顶翻滚变换
层层叠叠，为你覆衾
孜孜不倦的劳作后安然就寝
甜蜜的睡眠散发着花的香气
此行你与最爱的人相会
去兑现古老的山盟海誓

今天，我与神最接近
它拂去了我们无聊的谈论
你望着我，或者我望着你
都是一往情深
辽阔的天空下
处处藏着你安静的灵魂
鸟儿欢快地鸣叫
发出你的肺腑之音

你的儿孙不如你自在
他们要活在你的事业当中
你曾经平凡得像一个父亲
谁还聆听你的箴言和教诲？

而今再想走近你

如果没有死神的指引

就算夜空中星光闪烁

你又如何到达亘古的天庭？

舅舅！我今天在暹粒

这里的云洁净，适合为你超度

头顶虽不是家乡的苍穹

但这里的人甜蜜而欢趣

你不会返回我们中间了

你的儿孙会显示你的存在

如果他们不珍惜这宝贵的信仰

你的能量就会在他们身上衰减

舅舅！我今天在大吴哥

我在高棉看到你的微笑

这里庙宇沉寂、巨石滚落

诸神回到各自的家中

当年的主祭者言辞滔滔

让人止步于最小的罪行

在异国神庙我看见你高贵的鼻子

让我确信它是布道者所有

舅舅！我今天在塔普伦寺

巨大的根脉像潜龙在地下飞行

最后的时刻，你抓住我的手
紧紧地抓住异国的大地
你还有何心可操呢？
人的灰烬在这里也能变成花香
在诸神为你举行的庆典上
你的头顶像菩萨放射光华

舅舅！我今天在崩密列
每一步都走在历史的石头上
想一想当年的辉煌，如今成空
没有修行的人，都如此感叹
走到世界的尽头
之后，就有新的前程
人生有什么不幸，来这里发一下呆
困难就会过去

晴朗的日子，惠风和畅
欢乐的气氛里，颂歌如云
须弥山上的白云，洞里萨湖水
毫无疑问是血缘至亲
就像我们与天上的诸神
因为各有封地，同姓不同氏
他们都爱在大地上安家
而我们也会去天国朝觐

没有人不留恋此生
但与神分享永生势必痛苦
你在精疲力竭之后止住脚步
看到另一种生活更快乐无忧
天色渐晚，心中大事已定
人生最美，不过是落日
伴着悠然的宾柏之乐
石壁上的少女翩翩起舞

第七辑 ／ 2018

月光颂

月光下的穹庐

这宇宙间的神奇建筑

为什么这些绵柔的光束

会给我们无穷的力量？

你指引我来到

群山环抱之中

来到新风吹拂的山谷

看到每一座被你勾画过的山峰

洞黑的夜晚

因为你而倍感温暖

这一夜我借着你的光辉

急迫地行走在祖国的大地上

两条腿如黄河和长江

夜行千里而不知疲倦

我要像风一样到处看看

古代的人他们留下哪些废墟

帝王的后宫在哪里

鸟兽又在何处建窝

你怎么知道哪一个山谷里

有神灵居住

当天色已晚夜幕下垂

人们因为太阳离去而悲伤

你披上阳光的衣裳

亲吻每一座芬芳的山头

用你的玲珑的手指

把每一条河流拨响

我并不是盲目地漫游异乡

你用神一般的目光注视着我

因为有你光辉的指引

我终不会迷失在田野之间

因为白昼已经逝去

上帝也如太阳般工作了一日

他放下金色的权杖

怡情于燕寝闲居

当他销毁了直射的光芒

人民也不用警惕他的威福

妃子们暂时停止宫斗

跟国王一起饮酒作乐

所有灯盏彻夜不眠

九泉之下一片欢喜

犹如深邃的智慧

在人的眼里永驻

而月光，你是从人内心

散发出来的纯朴的爱意
人啊，为什么吝惜你们的忠贞？
那是祖先留给我们的护身符
他们怎么会知道
我们都是一些无用之物？

月光洒在每个人心上
为什么不是每个人都善良？
因为太久了，炙热的阳光
用暴力夺取我们的心
连我们献给神灵的祭品
也要被它全拿走
无论献给死者的花环与颂歌
还是永存的最自由的精神

我听得见你的喘息
如同婴孩发出小小的鼾声
凡是领悟者
他们眉宇间都焕发出神采
这是诗中隐藏的静美的力量
向人间发出的共鸣
今夜我和你近在咫尺
让我陶醉在甜蜜的微睡中
我并不想万事大吉后才死去
但你的恩典我会永记

西瓜颂

雄壮的马群护送它们
从西域而来
另有一路来自海上
像水雷布满港口
它汲取大地的力量
如同婴儿大口渴饮母亲的乳汁
今夜。我写一首西瓜颂
祝我生日快乐!

最后一个迷惑之夜
我乘邮轮驶向大海深处
在蓝色的星空下
沿着坐标一点点降落
此刻天网张开
我与夜神一起遨游
不知钻进哪个网眼里
把我带到另一个居所

今夜舍不得睡啊!
不知在茫茫尘世间
是需要无尽的业绩
还是寂静的喜乐

忧虑和责任更重要
还是随遇而安更好
即使是爱人
也不知道我的苦衷何在
神给每个人安装的痛阈
各不相同

当天穹打开
恰如一个切开的西瓜
生命还有一半留用
而我已然逾越了凡人的界线
只不过背景变成红色
反衬黑色的星星
有一种被忽略的幸福
那就是望星空
在初夏的穹幕上
有流星划过
不安分的星星踩到西瓜皮
栽了一个跟头

十七岁。黄河南岸
我独自看守一块瓜地
看着受精卵在大地上着床
吸收着阳光和水分
肚子一天天隆起

我便想到母亲生育我的过程
我和它们亲密无间
散落在地球的边缘上
直到它们一排排睡在田间
把产房挤得满满的

摸着它们的头
感觉是摸着我自己
傻乎乎的样子
每一个都像是转世而来
演绎古老的大自然的变化
还没有绘上纬线的地球
顺着四时转动头颅

越是贫瘠干旱的土地
它为何越茁壮
再酷热的阳光也不能灼伤它
只会增加它的糖分
让我苦苦不得其解
是否有神力帮助
当它们欢喜地乘舆而去
身后留下荒芜的家园

那是可爱的出生地
晚霞在给它们增墒

新的生命又将重新开始

阳光继续在里面主持

有些人。像我

从来不去怀念他的青春岁月

他被命运所恩宠

谁也不能禁止他欢乐

他的心有无数扇门

向着阳光敞开

每一扇门前都有一个合适的神

在那里把守

而他永远踌躇在

最自由的精神之中

太阳太炫目

所以它把阳光藏于胸中

像被寒夜包裹着的篝火

在黑暗中释放温暖

它可以不分敌我地

款待每一个人

就像东北人，没有人说他们高雅

但总是给人带来快乐

如果我真的受到眷顾

就别过早让我的梦结束

我仍然沉醉于亲吻

爱的日子真的美好无比

每当厄运降临

找不到一个神灵相助

而它的童贞

会让我快乐无穷

心最适合居于胸怀之中

治疗痛苦没有妙术

大师，其实并不神秘

只解决一个问题即可

今夜，它告诉我

单纯，即万事无忧

未鸣之歌

神那么短暂地给我们快乐
让心爱之人在我眼前闪现了一下
又迅速地把他带走
是因为我的过错吗？
沉睡的翅膀没有被唤醒
一次新的飞行被取消了
我再次体会到神的力量
既给我爱也会给我悲伤

我反复听到一个声音
像超声波在空气里发生的振动
那是一首未鸣之歌
空荡的教堂里神在独唱
神也有远近之分
在苏醒的青山和翠谷
我尽情地欢呼雀跃
感谢你的欢乐盛宴
神也如兄弟般亲如手足
在遥远的天际也有我的星辰
你把恩惠赐予我
用爱的蓝色将我呵护

本来你是无处不在的
但也从不在人间显形
为何你会在母腹中出现
又迅疾如闪电般离开
你是要带领如你一般的众神
走上朝圣之路或是
用香膏和凝脂
冷敷他们受创伤的心灵
你是要揪出几个小人来
满足你的愿望吗？
然后再带着他们和你一道
归隐翠嶂怀春的诗酒田园？

这是一个迷人的错觉
还是一条荒凉寂寞的小路
这是熄灭的美丽之火
还是爱和幸福的最高情欲
金莲花盛开的草原
是一片无伴奏合唱
雄鹰在天空盘旋
满怀同样的抱负
你在太阳的身边得到火焰般的温暖
我也从贫瘠的睡眠中又一次苏醒

一次次迎面相遇的离别

凝聚了更多轻柔的力量
在我眼前这荒原般的大自然
为了林中的歌吟我把你呼唤
虽然极尽言辞之美
但我内心却是空虚
自从有了爱我便失去了灵魂
犹如一具行走的尸骸

漫步在故乡的河岸
如今它是我爱的飞地
除了痛苦，还能收获什么？
它已经不能再把我抚育
只有宁静的歌声
在未鸣之中鸣唱
在圣洁的天空下柔情地抚慰我们
在哽咽的母亲大地吹拂安睡者

圣墟颂

我将寻遍新疆的古城
不知为何它们都被叫作故城？
高昌、交河、博格达沁
神秘的楼兰、尼雅、龟兹、北庭
并非因为被废弃
或是他们认为这是不久之前
他们的祖先的故居
生息繁衍之地

西迁的鲜卑人、回鹘人
南下的塞种人
东归的土尔扈特人、和硕特人
在这里坐地称王
东西方的人都要在此停留
因为马儿到了这里便趑趄不前
他们按照神的意旨
把这里当作家园

在戈壁滩上高屋建瓴
在盐碱地上广种薄收

驼队在沙丘上写下畏兀儿①文字

每一个人都找到自己的神灵护佑

这些人依傍着雪山

凿井引水

用涝坝让雪水升温后

把沙漠神奇地变成绿洲

养育他们亲爱的子孙

缔造一个又一个王城

一个个古城的名字

叶密立、别失八里、火洲②

像琥珀中的遗体

供后人瞻仰

被羊油点亮的宫城

如今像一片白蚁的巢穴

这天上的城堡

怎么会在人间出现

历史在我眼前

如同一片海市蜃楼

我的思绪被一些问题缠绕

这是不是平移而来的神奇建筑?

---

① 畏兀儿：畏兀儿人在唐朝时期被称作回鹘人。畏兀儿文，又称回鹘文。

② 叶密立、别失八里、火洲：均为元代西北重要城镇。

甚至没有一根木梁

我怀疑他们曾在这里居住

我没有看到一副餐具

难道他们都喝着羊奶般的仙露？

如果它是一个谜

只能交给另一个谜

求教这里的各路神仙

萨满①、聂斯托利②、佛祖和安拉们

一个神如果未经尘世

他也说不清来由

到理屈词穷之时

他们就大打出手

我们所看到的历史

一场战争接着一场战争

如果人口过多繁殖

他们就要争夺草场和水源

就像察合台的世孙

吞并伯祖窝阔台的汗国

战争使男人减少

女人太多了，就不再需要争夺

---

① 萨满：萨满教巫师，即跳神之人的专称，也被理解为萨满神的代理人和化身。

② 聂斯托利：聂斯托利派，基督教的一支，唐太宗年间传入中国，汉译名称为景教。

之后大部分的岁月
人民都在自己的国度幸福地生活
多妻多妾，姐妹们和睦相处
国王也不再四处征伐
他们在戈壁和沙漠铺上丝绸
迎接西来东往的商贾

复制历史的基因片断
眼前出现千年幻景
塔里木河，如果不是圣泉
为何会在沙漠中出现？
胡杨林，如果它们不是神木
为何会千年不朽？
故城，它留下的若不是圣迹
为何会有废墟之美？
圣墟，从我生造的这个词里
是不是看到末日的景象？

踩着脚下的生土
模拟城中行走的古人
极有可能，我们本是一对兄弟
在不同的场景各奔前程
面对命运中的种种愿望
盲目，却不可理解
我们的欢乐就是他们曾经的欢乐
痛苦同样也是

妻 颂

哦，我的妻！你，我的爱！
你还在睡梦中，我祝你生日快乐！
此刻，我站在黄河岸边
朝霞正在铺展翻滚的地毯
城市拴在未完工的写字楼上
巨大的邮轮在此停靠过夜
我观察你极乐的面孔
像微笑的大地那般宁静

你我并非一母所生
为什么亲如兄妹？
大难临头，同林的鸟儿
只剩下你，在我身边
你是美丽的太阳
因为日复一日升起落下
让我习以为常
不知道你的神圣
而你并无抱怨，在厨房和餐厅
照常下沉又升起

你是一家之主
却装扮成仆人

从辉煌的天国蹒跚而下
换上粗陋的裙服
你神奇地养育身边的万物
像供奉着每一尊神
只有当巨大的事件出现
你才露出端倪
神圣的火花触及灵魂那一刻
最势利的人也会变纯净

当诗人脸上出现悲伤
总是你最先察觉
你不去惊扰附体的灵魂
只等它平静地离开
你低眉虚心
任我傲视一切也不起纷争
你是佛国的使者，挂职人间
含着微笑继续修行
我也学会像菩萨一样默默关注
安静地聆听生命的谐音
我是被你塑造的
神与人的杰作

你如此忠贞地爱我
因为太满，我总是溢出
当你因我而

肝储愤怒、肺储哀伤
我的巨大的不安
也如山体摇动
没有任何人的情感
能够如此触动我的心

爱本来就随波逐流
谁也抓不住一个波涛
为往事后悔的大有人在
再来一次他们还是如此
神的使者有时
也会被人性扰乱
一旦他们记起自己的身份
就为所做的事羞惭

除了永久的陪伴
你还是一个量度
用来审视男人的心灵
考验爱情的忠贞
你希望我有男子汉的完美
但又害怕被别人爱慕
而我的决心，只要不把我禁锢
我愿永远游于羿之彀中

一个温顺的女人，平静地爱着

这便是她所有的生活
世界太大，反而无处藏身
你做一个窝巢适得其所
自从起了自家炉灶
便坚守妇人的本分
两颗心合成一炷香
慢慢燃烧，在爱中走向没落

如同冬日的炉火
永远居于家的中央
我们带着诗意的温暖
围坐在你的四周
你越来越像一个母亲
我们总是躲避你的温情
接吻早已被亲吻所替代
但更充满爱意和怜惜

曾经我希望先走一步
男女寿命也是这般规定
这是男人的特权
他们的幸福所在
现在我改变了想法
担心你如何度过残余的日子
我愿先送你一程
哪怕只差一天赶到

说这些固然太早

因为你的心，还无比年轻

美丽的霞光装点着金色的白昼

每一次醒来，都是被神唤醒

它又赋予你新的生命

不让一根白发出现在你的头顶

两只明亮的眼眸

像是从泥土中钻出来的嫩芽

怀着神的意旨

向我微笑，披着银色的香气

良驹颂

马儿，草场就要返绿
你也要奔跑起来
你是神赐予我的幸福
我找你，已经很久很久
我守护你如同你守护我一样
你奔跑起来如有神的加持
你是我的心灵之歌
我的酒神的神圣祭司

清脆的马蹄声敲醒古代的驿道
当金莲川的太阳缓缓沉落
天穹向草原合拢
黑暗的大鸟从天而降
忽必烈的幽灵
从漠北到汉地，那便是你的来处
英雄也有一颗胆颤的心
你也要受命运的支配
如果你想随心所欲的话
除非让你的心充满爱

遥远的星辰那是祝福你的目光
永久地围绕你，深情而永恒

等你健壮起来后，就带着我奔跑吧
哪怕带着我的灵魂也好
穿过荒芜的家园和倒霉的命运
困厄和黑夜总会让人坚强
草原上的风神性地抚弄你
像岁月之光在你四周形成湍流
现在我只能向你倾诉了
尽管没有言语但你心里都明白

日子终会重新盛开
芳草充满对雨露的感激
勇敢的心默默地生长
沉静的诸神在你四周围坐
开满鲜花的草原，那是你的姐姐
跟母亲一样爱你
而那河流，称你为兄弟
跟你一起打闹嬉戏
这难道就是人们常说的天国吗？
把四季当作宠儿
每一个季节都给你留下充足的食物
最严酷的冬天都无须躲避

我在天上飞行，看到下面的你
如同看到自己的影子
阳光穿透云层，给每一个山谷斟满酒

让大大小小的魔鬼和不安的神灵

都烂醉如泥，而不袭扰我们

你用奔跑昭示人生的意义

不管有没有目标，有目标最好

缄默的胸中鼓胀着那个古老的口号

没有非凡的事情，小小的愿望

一个也不会落空

当良驹变成奇骏

我便选一座山头坐下

从腾格里手中接过杯盏

把我的忧伤一饮而尽

这原野上有最娇柔的风

最亲切的草儿和温暖的雨水

你预感到了成长如同道路要向远处伸展

在玫瑰般的霞光中一天开始

当你初生，辽阔的草原已经在那里

迎接你，看到的一切都是你所熟悉的

一切如故，没有一件丢失

太阳绽放，月亮隐藏，歌声回荡

四季一个不少，夏苗冬狩

你现在，除了对母亲的依恋

没有忧愁可以用来倾诉

小小心脏，终将膨胀，变成一颗雄心

现在这是你的领地，被群山环绕
伟大的命运在这里沉吟千年
古代英雄的金色营帐
如铺满天边的彩霞

老家颂

神之子！天上的候鸟
人类心灵的符号
如今看不到了，这些圣灵！
谁来寄托彼此的思念？
尽管诗人都像燕子般自由
也没有比老家更好的居处
离开这里就失魂落魄
老家，她是我的保姆！

我从未见到过家谱
爷爷奶奶都没有坟墓
他们像天上的鹤群
围绕着古老的家园鸣叫
偶尔它们降落在安静的屋顶
曾有生命在这里休止
屋顶上的烟囱没有了炊烟
远看像一排排墓碑

天空中看不到鸟群
幸存者，到城市集体避难
河网水系只画在地图上
大地上留下一具具巨兽的龙骨

剩下的河流用来灌溉
能够饮用的已经不多
老家人去楼空、狗比人多
只留下老人和孩子相守

我无能为力，因此羞愧难当
无法端正法度，只有敬奉神灵
仁爱者，何时把恩惠施于他们
除了命运，他们一无所有
人死后留下了习俗
像神灵在暗中保护我们
恐惧，是因为听到神的警告
怯弱时，也还是他把我鼓励
尽管我思虑万千
也不能改变什么
我把它写在诗里
证明我并非随遇而安

从深山巨大的钵罐
泉水发出响声昼夜不停
我愿每天沿着村里的小路
一路上有各种鸟儿陪伴
傍晚跟随牛羊下来
路过村边的池塘，听蛙鸣喧天
月光露宿在千山万壑之中

推开柴门便可与王维相见

当我看到阵雨由远而近
似乎看到了神的朦胧身影
他穿着隐身衣经过时
树木因此而欢快
落山吧美丽的太阳
你用不着无休止地工作
谁说吴刚拿着的那把斧头
就是传说中的永动机呢?

钟情于我的那女子
她是村里最美的那个
我知道我不会娶她
是因为我好高骛远
但是她的极乐的面容
一直留在了我的心底
像用泉水洗印的岁月底片
每一次都像玫瑰显现

因为宝贵的青春
驱使我离开这里
路程要足够遥远
才能跟过去断离
翻山越岭,是为了找到

一个注定要给予我幸福的命运
但人类共同的短处都一样
每个人都想衣锦还乡

那是一个回不去的老家
却是亿万人的朝圣之地
滚滚春运朝着无数个方向
滴血的翅膀布满了天空
有一种魔法定时唤醒人心
让人们看到诱人的远景
每个人都回到他的心灵圣地
这不比麦加更壮观吗？

热情燃烧的大地
剩下火焰的炉渣
我的老家已经残破不全
风暴之后又长出新绿
年老者守护着他们的棺材
祈祷最后的安宁
相信这就是上帝派来的那艘船
用来将他们摆渡

酒神颂

啊！朋友！
一如我对你的器重
你也无比忠贞地爱我
我的心被你滋养
至今尚未老去
每个人都有一些讨厌的伙伴
比如孤独、烦恼、忧伤
还有愤怒，以及无名之火
只要你加入进来
他们都会知趣地离开
我从来都厌恶同性的躯体
而你给我兄弟般的亲吻
我既不发火，也不躲避
还如此地享受

啊！朋友！
你是我的喜乐之神
如月神宠爱天下的孩子
一会儿让他们清醒
一会儿让他们酣睡
甜美的大自然
如风霜雨雪喜怒无常

你手里拿着神奇的魔杖
让每一张脸灼灼发光
你胸中藏着金戈铁马
也藏着和风细雨

你睡在酒窖里
如熄灭的骏马
睡在幼儿园的小床上
木质的瓶塞透着呼吸
你睡着时也没有停息
还在慢慢地氧化
收集四季的花香
释放狂热的单宁
即使一颗好高骛远的心
也变得更加醇厚
此时你像一个驯服的世界
披着面纱，娇柔又羞涩

我的喜乐之神！
你把一颗颗孤僻的心
带入群体之间
在那里，在各自的世界里
每一个人都自己做主
这是一个自由的联盟
每个人头戴灿烂的王冠

哪怕最无知的人
一样发表个人的意见
大声说话或者争吵
也不会受到训斥

充满琼浆的大河
从古代流淌而来
美丽的两岸惠风和畅
此岸陶醉了彼岸
无数的诗人和勇士
至今还活灵活现
对酒当歌，把酒问青天
一樽还酹江月
还有温酒斩华雄
杯酒释兵权
李白叔叔喝醉了
千里江陵一日还

啊！我的命运之神！
你再赐给我一个同等的时日
要与我的年龄一样长短
因我与你相见恨晚
我要与你结拜为兄弟
歃血为盟永不背叛
终有一大我要死去

我的祭奠由你主持！
我的这颗没落的心
因为你的依托又像旭日东升
我的所有的悲愁爱恨
都在化为美丽的霞光

我的神！我的兄弟！
把快乐拿来跟大家分享
用大湖盛满美酒
把群山摆作喜庆的大殿
告诉他们强悍的时代千变万化
仍有我们的安身之处
世界有一个巨大的角落
变幻于我们的胸中
这里既有昔日的美景
也有未来的花环

黑暗颂

黑暗缓缓降临大地
我已投入你的怀抱
群山藏起了身体
河流放低了声音
鸟儿带着受伤的翅膀飞进树林
中箭的灵魂在天空留下痕迹
太阳落山，祭祀开始
我们来唱黑暗颂

流血的翅膀
受伤于毁谤的毒箭
谁能在天空上
为她找到一条更优美的路线
遥远的摇篮曲
摇动着黑暗的湖水
极乐的灵魂相互慰问
有时也忍不住哭泣

黑夜是我的法师
沉静能消除一切痛苦
尽管在黑暗中
也没有需要隐藏的野心

孤独也不会让人生出
夸大其词的懊悔
灵魂在鞭挞时才有疼痛
人在长眠中才有梦想

英雄也未必金光四射
更多的时候他像一只鼹鼠
把阳光的麦粒
深藏在它的洞穴之中
它在黑夜里埋藏金光
如同冬天的暖窖埋藏着青春
在我的黑暗身躯里
埋藏着肌肉的块垒
用它建造的灵魂楼宇
天国的使者常来常往
高贵的时代被反复吟诵
游人造访古老的国度

我胸中发生的声音
是来自天空的回响
那是塑造生命的声音
神在创造时也充满灵感
一会儿创造山川河流
一会儿换换手创造人类
但美好的命运

144

并不都指定给善良的人
经常也会被邪恶的人攫取
但也无奈万物皆如此
威武的守护神并没有履职
美好的灵魂升天而去

黑暗法度深藏不露
如同时辰不紧不慢
如果人类正义
神灵护佑他们
如果人类邪恶
神灵就让灾祸降临
太史曰，国之将兴神灵降世
是为了考察他们的德行
没有德行，却身居高位
迟早会成为他们的灾难
如果罪恶尚不深重
抓紧使你的万民高贵
而民众也会赋予你
适度神圣的意义

巨大的河流穿过春秋
平静得好像寿终正寝
古代的人用城墙围起一个国
他们的家则是天下

我虽看不到他们神圣的容貌

因为渴慕仍能将死者唤醒

忠言者离开时

留下身后粗蛮的时代

直到若干年代之后

他们成为圣人

后来的君主才幡然醒悟

把他们捧到庙堂之上

我的命运并非如此

吉人自有天佑

只有在黑暗中

我才感觉到诸神就在身旁

所有天上的神、地上的英雄

以及英雄的恋人、送快递的使者

在黑暗中齐聚

宣告自己的新生

世界上从来不缺完美的人

缺的是无畏和同情

真心和正义

在你迷茫的时刻才珍贵

给他们对你真实的力量吧

从此你不再责怪任何人

成千上万的手握在一起

你相信真有神助

听说婴孩夜里都加餐
思想者都在夜间思考
何不把思想扎根在黑暗中
最肥沃的土壤也莫过于此
冷静寂寥的美妙
让人向内追求
自己以及自己的心
如灰烬中的生命之火
才是一切的根源
才是我的阳明时刻

只有星辰沉落
太阳才会升起
这是不是说白日和黑夜
将会永远对立？
这个问题留待下回再说吧
天亮以后并不便于思考
神微微睁开眼，黎明来临
辽阔原野上旭日东升

白云颂

——怀念顾太同学

有一些人
我知道他会走在我之前
自从有了这个想法
我就珍惜跟他的每一次相会
十年之后清点
还会走掉一批
在自己的终点前
总有人先到站
我并不因此而悲伤
只当是一个小事件

我心不在焉地
在窗口望着天边
看你在慢慢上升
变成天上的云彩
你是彩霞的白色的灰烬
还需要清扫入殓吗？
人的悲伤都是因为聚合离散
如果不是如此悲又从何处来？

就像天知道

谁把你我变成了同学

还有前面的五个

赵闯王金亭李本达刘正东刘晓波

还有后面七十三个

恕我不一一列举他们的名字

看！那是我们的坟丘

犹如各种形状的云朵

未知爱情是否已沉沦

但友情我奉其为至诚

莫如来到青色的山坡上

看绿色原野上游动的羊群

哪一只是你

哪一只是我

抑或你是羊

我是天上的云朵

没有正剧的时代

歌功颂德，或娱乐至死

你的剧本，只能做陪葬了

可惜啊老顾！你不会写神剧

你给自己披上白袍

想象天上也是林海雪原

胡子出没的地方

如今你出入自由

按照古老的仪式

亲人把你深埋于地下

我决不去那个黑暗的洞穴

这是我今天立下的誓言

有的人被海葬了

他的骨灰被撒进大海

为什么不可以把我的骨灰撒向蓝天

让天空的宁静抚慰我的灵魂

让乌云含着我的泪水

各种形状的云朵

在我的头顶聚集徘徊

当夕阳给每一朵白云镶上金边

这下葬的仪式竟美不胜收啊!

你的尊贵的形象

让我怀念,那曾经的时代

每一个太阳

经历了千辛万苦才升起

还要千思万虑地

哺育大地上的生命

由于出自爱心

放弃过去快乐的权利

无须与英雄并列

作为男人,你够格!

第八辑 / 2017

新年辞

——为吉林大学北京校友会新年联欢会作

一列遥远的动车，从一九四六①

送来你们，尊贵的母校的使者！

把我模糊的焦虑

变成平静的渴望

当你想起我们的时候

我已想你很久

我知道你游子无数

也不会忘掉其中的一个

此刻，在不远处

寒冷的冬天

惶惶不可终日的情形

天际线摇摇欲坠

无名之火四处蔓延

我是一个牧羊人

祈求这个年赶快过去

我们在对联上写咒语

用爆竹驱赶年兽

----

① 吉林大学始建于一九四六年。

我们生长一岁
是不是应该变得睿智一些
而不是越老越暴虐

相反只有我们的孩子
而且，他们越小越纯粹
我最愿听到的音乐
只有这婴儿的啼哭
那才是我内心的声音
测试虚伪的真理之口

我像一只考拉
抱着一棵树，睡了整整一年
因为咖啡，它的香气
唤醒了我心中的大学
我们愉快地谈论母校
遵循着圣洁的母性的仪式
我享受着所有
如同知晓太阳能够带来温暖

昏黄的灯光
又照亮那些永恒的夜晚
每到下雪的日子
我都说雪是从长春飘来
今晚，我的心向着北方

我的心是赤子心
我的心中，永远有一条林中路
它指引我回到校园

而咖啡和书本
之香，竟然如此相似
罗丹保持着一个永久的姿势
默诵他的心经，我思故我在
——理性还能解释一切吗？
暴力能不能分清好坏？
此刻，每一个思想者
都溶化为一杯杯蓝山
不论是谈论哲学还是生意
我们内心都有神在

一九四六何其遥远
二〇四六就在眼前
我们中间的哪一个
能摆脱衰老和死亡？
年龄的缰绳
把我拉到一条陌生的路上
唯有母校，永远是年轻的母亲
与我们相伴

为什么雪要落在七舍的屋顶？

为什么水龙头里涌出温暖的月光？
为什么长春比所有城市都美？
为什么吉大比所有大学都大？
长春，我北方诗歌的故乡
因为诗歌，你才四季常青
吉大，你更加知名是因为
有了我们这群诗人！

谁都知道美丽的长春
坐落在吉林大学校园里
但有谁知道七舍对面的小树林
隐藏着的欢乐的秘密
因为它只属于少数人
因为只有我才能指认
所以，这小小的树林
比大兴安岭更浩瀚、更宽广

此生我已没有其他伟大理想
只想把诗写得更好一点儿
所以，最尊贵的使者！
请你们捎带这唯一的礼物
骑上这根轻灵的羽毛
今夜我和你们一起向北飞

小人颂

当母亲还没有把你怀抱
你的嘴还没有找到江河之源
这小人，如此酣睡
世界与你无关
偶尔透过薄薄的肚皮
偷偷看一眼窗外
斑驳陆离的景象
简直要让你眩晕
麻雀重新得到生机
蜂蝶做着甜蜜的游戏
千万枝柳条暗藏心机
颠覆冬日永恒的秩序

说你是一个小人
因为你不谙世故
说你难养也
因为你不得不提前离开母体
你的体内深藏不露的
祖辈最优良的基因
只要与空气接触
就会转变成无穷之力
你是天地之间的暗物质

我听见你的声音
是海洋，是花朵
是大爆炸开始时的寂静
你撑破母腹的一刻
如撑破宇宙

你是一个幸福的宠儿
没有人抢占你的空间
这空间随着你的长大
扩大不知有多少倍
直到把你的母亲
变成一个农村丑妇
小人与圣人
都出自一个母体
大海啊苍穹
哪一个能与母体相比？

你的父亲同样重要
好像大功已告成
你看他早出晚归
每天都衔回一根树枝
把那个爱巢建得
看上去像一座宫殿
你的母亲
想入非非的青春

从此化为灰烬
而你的父亲
一颗好高骛远之心
像猎食的雄鹰拔地而起

从满是花果的天宫降生
人生的第一步就踏空了
助产士按照神的旨意
在神圣的大门前迎接
当你离开母体时
既不会说，又不会走
从混沌的羊水中滑出
掉进混沌的宇宙
漫长的哺乳期
你将饮尽江河之水
你将与大地的花朵为伴
采尽它们的芬芳

然后你学着耄耋之人
用蹒跚的脚步去试探大地
待你把每一块彩色的方砖
踩得不再动摇
再用酒肉果腹
用血性充斥身体

谁说你不知稼穑之艰难

惟耽乐之从？

说你不是君子？

万一长成圣人呢？

但无论何方神圣

你都要合群

让所有的人接纳你

成为他们中间的一员

当寒冽的冷风洗净天空

朝霞瞬时铺满了道路

此时祝福之声到处飞翔

此时古代的英雄和神灵

与我们同在

天地之间颂歌如云

女王颂

今夜满天星斗
大地屏住呼吸
天使们相拥而下
迎接新的女王诞生
此刻，红光满室
仙鹤成群飞来，在低空盘旋
它们是神的使者
从天而降，要施以援手

在今天的夜里
我的女儿她也要当母亲
她用巨大的疼痛
为永恒的爱情奠基
而我的可爱的孙女已如满月
正拼命地挣脱引力
顺着温暖的羊水游进天空
与蟾宫的玉兔结为玩伴

谁说伟大的功业
都是男人的事？
我的女儿，凭一己之力
就将千年的血脉接续

这沉醉的力量

来自古老的诗歌

期盼已久的啼哭

一点也不陌生

而她与世隔绝

坐忘于母腹当中

天上一日

地上已是千年

亲人的目光织成襁褓

温暖又舒坦

只要在母亲的怀里

还何患之有呢！

我们在啼哭声中

讨论人的神性

这个闭着眼的小人儿

日后是坐乎杏坛之上呢

选泽中高处，弦歌鼓瑟

或注定是一个平头百姓

无比快乐地

度过默默无闻的一生

用什么法则

我们都不能扭转乾坤

一边是新生，另一边

也是我的亲人，在与死神搏斗
一老一小
都像上帝一样缄口不言
而一举一动
都是神的旨意

人的悲伤并不都源于不幸
我们的命实在是不薄
想想我投胎的母腹
就知道此生不会辛苦
坠地的那一刻
我差点儿笑出声来
好像树上所有的鲜果
都酿成了美酒

既然如此
责任就不同
美善的恩赐需要回报
而不能享用无度
天地之间充满了颂歌
让人忘记了这还是俗世
决不要让无礼之举
卑鄙地夺走她的心

人们用温暖的眼泪

交流彼此的感情

是否到此已经万事大吉

今后诸事再无须操心

所有生下儿女的女人们

你们都是女王

沐浴鲜血如烈火

在此我向你们致敬！

今夜，我想邀一些客人

其中必有一些神灵

围着满月饮酒作乐

他们都说我的孩子好命

小小的女王

你的一路美不胜收

金色的花朵

和树上的美果种种

今晚造物主大功告成

下面的事都由我来执行

在她具备威权之前

我会时刻跟随左右

由此我也看到一种快乐的生活

非但不死，还不会衰老

她让我摄政直到

我觉得永生也是痛苦的那一天

她的酣睡真的好像

万事与她无关

而我们所做的任何事情

都有她的意见

这就是神

自然具有的权威

不用谁的授予

就在她玩具一般的手中

如此绵柔的物体

粉红色的花瓣

一如继往在母体中住持

让所有人前来觐见

这不是神还会是谁呢？

我的女王！你在休憩

你无须费心

所有事情都自有安排

好像这个世界

久已无人统治

今夜，我们无休止地发出欢呼

如手捧火种的野人载歌载舞

这是我们的国家

如今被她占据了

假如能让它变得更好

又何乐不为呢？

母亲颂

今天的早上
我知道最早的那束阳光
定是母亲向我投来
她俯身亲吻我
仿佛是回忆她
五十九年前的血腥一刻

为什么总是那些痛苦的事
最后反而成为我们的节日
而快乐的时光
却不值得记忆

每当想到她
就会想到沉默的大地母亲
总是病痛缠身
却一声不吭
而她的呻吟，因是在夜间
只有我能听见

母亲鬓发花白
如今她对我的依恋
有如幼时我之于她

不能离开一刻
每次我张开双臂
总是投入她的怀抱
如同所有的溪流
都要流入江河
我曾经以为
当我长大成人之后
便离开她远走
从此获得了自由

她的手，皮肉已经分离
一根根青筋更能
显示她的意志
我担心某一天
银色的圣器
被顽皮的天使碰倒
圣洁的泉水泼洒一地
那时我如何收拾
她又何以
重新威严地俯视我

我如今四处漫游
像一只鼹鼠
躲在高铁车厢里
穿行大大小小的城市

感觉我的祖先

在每一处的地下长眠

一次次与他们擦身而过

就像被春意所包容

我又想到人的幼年

哪个母亲不辛苦

为什么非要诞下属于自己的儿女

不可？

那些东西一旦掉到体外

就是身外之物

每一个女人为何

都要上演这惊心动魄的一幕？

我是她爱的产物

而她把爱藏在心里

用严厉的目光

为我铺就一条成长之路

如今她像一本书一样

春风和睦

在我的枕边

悄悄细语

心中的美德

并不因衰老而熄灭

而像火种

埋在灰烬之中

这欢乐的日子
又是一个新的起点
所有的河流听我的命令
一起向大海奔流

母亲，不要看我
只做着一件小事
那也如天体运行
自强不息
伴随着隆隆的雷声
好像古代英雄的回响
而我追随他们的脚步
越来越不可阻挡

母亲，你是我的圣殿
是藏在我心里的金光
我脚下的每一步，无论朝向哪里
都是向你走去
母亲，我是你权杖上
那颗被切割过的钻石
哪怕你已颤颤巍巍
也一定要把我握在手中

老儿颂

慈悲伟大的佛陀
今日适逢父亲的节日
我要在你的面前
向我的父亲告白我的心情
我愿截取生命的一段
加持到他的身上
我和他便可以同时
走到你的跟前

在我到来之初
世界已是一个光环
他们把我当作一颗宝石
镶嵌在这戒指之上
不要以为我是按自己的意愿出生
我乃是他的神力所造就

出生时我便面容姣好
高高的鼻梁上目光炯炯
好像天上的一轮红日
被我母亲抱在怀中
他和我的母亲
如同经纬交错

我生命的云锦
如此编织而成

他的恩惠不止一日
我不知他有何所求
生来我便衣食无忧
以为这是命中注定
想想总是后怕
假如投胎在饥民当中
在烈日炎炎之下
吮吸干瘪的乳头

他随战场南北转移
而我为利禄东西奔走
一个军人
如果死于一场战争
我不仅不悲伤
还会感到骄傲

那些牺牲的年轻人
没有留下后代
甚至他们的身体
从未被女人抚摸
我仍能听见
他们的鲜血冲击着河岸

卷起一块块黄土
然后继续向前奔涌

而我，既惧怕死神
又向往牺牲
一生都在与自己的劣性斗争
因为失败而内心痛苦
尽管我还一事无成
理想的目标遥不可及
他宽宥我的愚鲁
坚信我能成功

欢乐的时光太短
我们从未期盼
我的双脚总是出入酒馆
却很少踏入家门
世上最孤独的人
莫过于父亲
当他不再往家里搬运食物
就只能闭上嘴
他心中的委屈
对谁去说！

神给地球核定了人数
不会加重它的负担

让一个人出生
就要请一个人离去
我的老儿已在排队
去登那艘渡轮
望着终将逝去的身影
我才体会到人生辛酸！

如今他已如一头老象
用嗅觉寻找自己的归宿
从何时起，我每日惴惴不安
已然听到天堂的歌声
虽然披着欢乐的外衣
也掩盖不住内心的痛苦
道路终有尽头
谁也不知还有多远

吃货颂

孔子
是我们的精神领袖
食不厌精，脍不厌细
孔子原来是个吃货

古时的先贤
也吃货居多
休说鲈鱼堪脍
尽西风
季鹰归未？
金圣叹临斩不惧
付与大儿、小儿示知：
豆腐干与花生米同嚼
有火腿滋味

我们是中国吃货群
我们是凡间美食家
有无限美好的向往
下得了大排档
上得了米其林
吃了不白吃
必能说出子丑寅卯

严肃地对待每一场饭局
如同听一场严肃音乐

做好全城美食攻略
然后像套马杆的汉子、女汉纸
踏破铁蹄
走街串巷
把隐藏的老板、女老板挖出来
一个个尝试
如果不是为了吃
谁肯枯守一座城
谁说我们特别能吃苦
吃苦的年代早已过去
现在我们
特——别——能——吃

送上鲜花般的肥牛
让心爱的女人内牛满面
这是吃货正确的表白方式
可以申报非物质文化遗产

食色性也，人之大欲
酒肉穿肠过，佛祖心中留
莫说学我如进魔道
在凡不减，在圣不增

吃吧

吃货们!

一切众生都有佛性

所有佛爷都是人

爱之颂

当我还是少年时
她就欢愉过我的心
没有任何一样东西能超过她
对我的激励
我对她敬畏又亲近
狎昵会使她跟我远离

我一生的愿望
是为她造一座宫殿
不要那么肃穆
要有水果的香气
众神的居所，众神之神
不分嫡庶，都是一母所生
吮吸天地之露
在她的怀抱里长大

看到水中的鱼儿嬉戏
就会想到我们自己
爱是一个甜蜜的游戏
男女老幼都乐此不疲
没有哪位大师
能教会我们如何生活

只知道致知致用
却不知给我们快乐
教我们四种修为
不知道让我们欢喜
只会把我们敏感的部位
——封闭

葡萄藤蔓总是纠缠不清
但永恒的秩序也不会使人迷茫
爱在母腹中孕育
一旦生出就变成遍地花朵
让蜂蝶沉浸在
她的欢乐之中
而青春终将燃成灰烬
只有她逆时间生长
因为有高山上的雪水
有众神一路的加持
无论何事何因
在此还是在彼

就是我所希望的
在最艳丽的时刻戛然而止
我的财产在这一刻最多
如谷物满仓
却不用像守财奴一样

守着它们发霉变质

因为下一刻她就转世到
另一具肉体之中

身体和灵魂
都不属于我们
未来的岁月
也未知天赋几何
如果过于沉溺
就如同担心沙漏里的时间
那些无名之火
也就不足为奇

每一颗果核里的烦恼
比爱更有滋味
只有她让我能够理解
一切愿望都会化为泡影
悲痛和脆弱也会使人相信
奇迹终将发生

第九辑 / 2016

欢乐颂

——吉林大学中文系 77 级毕业 35 年班庆

带着甜蜜微睡的预感
从此刻，我们登上归途
想象起落架无数次放下
每次心都咚的一声
降落在那条
以人民的名义命名的大街上
跑道上灯光齐亮
心却暗淡许多

有的人永远在天上飞
永远都在归途中
谁说孤独的旅人
常会在各个城市间穿梭
每一个死去的人
都带走我的一部分
同样，只要剩下最后一个
这整体就不可分割

天神之门一道道打开
每一道都在召唤
这是诗人的故乡

他们总要回到这里
还有许多人步其后尘
至少可以沾上诗人的气息
这座巨大的宫殿
已把地毯铺到足下

铺到每个人所在的城市
甚至铺到天堂和地狱
长春，坐落在我的校园
之于我，如同皇村的回忆
同志街、解放大路
寒冷的街道，如今安在哉？
如果有人在这里独自流泪
那一定就是我们

永恒的冬天！
越是寒冷的地方越温暖
只要再冷一点
人的德行就更加坚固
蒙古源流，大清龙兴之地
哪条河流不是一根血脉

一起到南湖去照一照
三十五年前的影像
你年轻得像个美人

收尽男人好色之心
自以为空前绝后的一代
大都也是一事无成
平凡年代造就出的人
虽平庸，都自命不凡

想想这些我们都会哭吧
我从不回忆这一切!
并不等于忘记
并不等于不热爱
这世界不管多冷酷
都需要富有感情的人
不管多世故
都有不忘初心的人

那是最后一年
所有的人都在谈情说爱
好像离开这里之后
再也没有爱情可寻
高贵的女神也如一切神灵
被蛮夷之人紧紧包围
如果不答应为他们生儿育女
就不能离开这里

即使下嫁到人间

也不是一件过于糟糕的事情
你们诞下的儿女
个个都有神性
奇怪的是，他们没有一个
追随父母来到此地
所有欢乐也只能
在壶里自己沸腾

天之骄子
如今都已心平气和
只是隐隐传来的歌声
穿过岁月还依稀可辨
沧浪之水又清又浑
我们都已大智大愚
口中没有抱怨
心里不存是非

同学间买卖肯定做不成
我们既怕赔钱又要讲义气
搞不好反目为仇
这又何必呢？
唯一的快乐之源
切不可用贪婪把它堵塞
所以早就死了这条心
宁可做个酒肉朋友

要让我们帮助他人
这比一切都来得容易
我们结下的君子之交
只用来享受友谊和爱情
据说每一个氏族
都有自己的图腾
对我们来说
只要有诗就已经足够

欢乐之神已经齐聚
要在这里创造一个节日
在这游牧民族的向往之地
远避瘟疫和猜忌
此时，星光遍布穹庐
灵感之手为我们摩顶
众妙之门徐徐开启
我们的幸运不止于此啊！

厄运颂

尽管厄运来得突然
皆因从前曾被无视而
过多请求是有害的何不以为
这是神之所示呢?

谁也无法预测
这颗分子的蜕变
将怎样决定未来
或如何毁灭人的自以为是
恒久不变又变幻不定
正是人类状况的真实之处
疼痛也是一种眼之所见的方式
在体内放射光辉

在身体构筑的宫殿里
把每一件器官视作展品
没有一件相同
都是造物主的杰作
在夜间,这座宫殿也是
灯火辉煌,随时为观摩者打开大门
人们都说,这就是神的居所
这里已无凡俗迹象

一场生命的赞歌
就由这里传出
危难时刻神才会出现
平时他神秘无比
众神之子聚集在此
他们无须饮食，只管歌唱
每一首歌都能唱出
人们心中的痛苦

读读那些美丽的歌词
都在感动着自己
于是会有奇妙的事发生
厄运也绕道而行
从此有了身体的哲学
吃饭如修行
睡觉如养生
做爱后相互道谢
期待每一次有所不同
一次比一次更加神秘
不论看到什么
总能让我感到惊奇

何不拨响所有的琴弦
让身体共鸣？

何不去幻想，此季一到
身体里都是春天
神需要赞美，他会更加卖力地
疏浚每一条血管以便漕运
那些不被关注的身体物件
终因爱抚而欣喜若狂
从而聚积起更大的力量
去召唤命运

春之歌

从唐古拉山脉的主峰

格拉丹东大冰峰的岗加曲巴冰川

高高尖尖的山峰下

是长江的正源

沱沱河

冰川融化的雪水

汇聚通天河

一路向下报告春天来临

年轻的老者走进春天

脸上已经布满皱纹

虽然他已疲惫不堪

但决不堕落到平庸的深渊

他专注地歌唱

让听者无不动容

哦，春天

我们彼此都是上帝

当苦难来袭

没有人能够抵挡

但是春天守护着我们的躯体

更守护心灵

诚恳的笑容

淡淡的忧伤

一幕幕彼此关爱的镜头

温暖人心

在春天，我们都可以超越本能

没有病痛不能战胜

春天给我的力量

像给我的血管鼓满了帆

亲人朋友温暖的支持

让我如履平川

尽管没有做错什么

但不知为什么

我们也会衰老

甚至疾病缠身

但我们最爱回忆的是

那些喂了狗的青春

含着泪连奔带跑地

赶往火车站接站的下午

碰撞的速度与激情

清脆明亮的海誓山盟

都伴着春天回来了

这一天我们等待了很久

不要烦躁

春天会使我们心绪不宁

那些飞滚的毛絮

也带着神的旨意

甚至工地上的噪音

都是在给我们伴奏

女王们！你们曾经都是公主

在春天里，光着脚，把阳光踩得啪啪响

而我，宁可永远做一个老王子

也不去当那个国王

春风化雨虽不能销蚀树的年轮

但每当春天来临

我就如同转世

我的心就不再是旧的那颗

啊圣洁的河流

由你腹中诞下的神灵

凡是走过或将要经过之地

油菜花都已铺满道路

再不受命运的制约

我们已被神圣垂爱

还何忧之有呢

春天已使厄运就范

此刻我们倍感陌生

那是因为，春天已经是我的新生
没有记忆的工具
让我再想起过去
不管幸福还是痛苦如此种种
我的欢快是因为我交给命运主宰
我还要遵照神的旨意
去问候每一个悲观的人

第十辑 / 2012

一百年后，读我的诗的那个人，你是谁啊

一百年后，读我的诗的那个人
你是谁啊？

一百年后，我已变成一块冥想的石头
在公园的某个角落等你
石头上镌刻着我的诗句
那个停下脚步的人就是你

一百年后，我在图书馆的一个书架上等你
等你偶然的发现
你抱着这本发黄的诗集跑进阳光里
抖落一百年的尘土
对着惶恐的人群大声朗读
而我天上知

一百年后，书页已如落叶枯黄
我在云端的某个空间等你
几个优美的句子如真身舍利
我的生命因而不朽
你既可与我约会，也会与我邂逅
天地之间充满了灵感

一百年后，我的诗已经醇厚
读邹进的诗如同饮美酒
一百年后，我的诗已是沉香
读他的诗将会满腹芬芳

翻开我如同翻开一个时代
因为我，你对它充满好感
你院子里爬满的紫藤
就种在我的字里行间

一百年后，世界会好吗？
还是大同小异？
一百年后，人会变得善良吗？
还是尚不如今？
我要出一本自选集
一百年后留给你
在通往心灵的途中
它还将是你的路引

一百年后，读我的诗的那个人
你是谁啊？

一百年后，我的孩子的孩子们早已不知道我是谁
而你更像我的亲人
没有家谱让他们记得

那个叫邹进的人是留下一本诗选的祖宗
我的诗集散发着浓重的仓房味
你嗅到了我的气息
你听见我发出的呼喊和唏嘘
我看见你的眼里含着泪水

一百年后，你们要读邹进的诗
他的诗是永恒的诗
那时人们或许不用今天的语言
他的诗不需要翻译

一百年后，你们要读邹进的诗
他的诗是纯粹的诗
你看到那个写诗的人
心有多么怜悯

你们要读邹进的诗
他的诗是灿烂的诗
他的诗句如流星在夜空
或不时从你的心头划过

一百年后，我如芳香弥漫在空气里
我的感谢四季开放

一百年后，读我的诗的那个人
你是谁？

第十一辑 / 1982

咏夏四乐章

一、我的夏天

当种子在夜间碎裂

在遥远的地方拱起一座山

竖立着的阴影后面，太阳慢慢站起来

站在早晨，像一个魁伟的汉子

在朋友来齐的时候，带上女伴

一起走向一个夏天

赤着脚的风儿，一群群穿过树林

没有在松软的河滩上留下足迹

雨后的草坪上，丢下了姑娘们的草帽

和一个永远说不清的数字

她们把花朵放进竹编的篮子里

然后追上我们，又跑到前面去了

当所有的窗户都敞开的时候

心情会像天一样蓝吗？像一件晾在绳子上的衬衫？

叽叽喳喳的孩子们，会像藏在林中的鸟儿

一起飞跑吗？而和我一起长大的女友

穿着长裤，把手放在胸前，用她

多么东方的眼睛，暗示我一个永久的含义

五月的鲜花疯狂起来，不再娇嗔

把它们所有的话语，都倾泻给沉默的土地

它们不疲倦、不悲哀，也不快活

又像诉苦一样，仍旧大声地诉说爱情

在城市的街道上，一棵梧桐树盛开了

而在远离城市的地方，海却平静得可以行走

不要忘记，那将是我的夏天

向晚的群鸟在树梢和屋檐下急切地旋转

它所有热烈的、爱恋的、悲哀的和愤怒的痴情

都属于我，在夕阳的光照里化为一片温柔

而一次瞬间的回忆，涌动的五月的雪潮中

已过的春天的瑟缩的影子，在林边一闪而过

二、孤独的松树·感想

它辽阔的身姿！那棵孤独的、冥思的、活着的松树

自鸣钟响过一下，松针放射开来

那些杨树的快活的叶子，像不愿午睡的孩子们喧闹不休

在蝉声的轰鸣里，大街慵倦地仰息着

那棵孤独的、冥思的、活着的松树

就站在马路的对面，困顿着，没有灵感

一个蓬乱难理的头颅，一千只烧焦的弯曲的手臂

紧抱着一团庞杂的思想，镌刻着洋溢过的热情

没有鸟雀飞来，在它的枝干上嬉戏

它唯一的伙伴被城市赶走了，只剩下一个回忆

皲裂的、突兀的树干上，留下心灵的悲怆

空中翱翔的鹞鹰，是它飞出的一个可怕的念头

我默默地阅读着它，它的每一根针叶

它每一根针叶上都映现着凝结的碧血

这是一座活着的、生长着的纪念碑

记载着无数平凡而凶残的业绩

在它罪孽深重而又充满光荣的身上

喧闹的声音过去了，只留下大的悲哀

它不是一个，比蝉声更加清晰的

遥远的呼唤，是它仅有的一个妄想

在浩荡的松涛里，它卸脱了不属于它的使命

荣辱毁誉、肮脏的阴谋和伟大的计划

每一根针叶都在占取阳光，每一条根须都紧张地搜索
　　水源

既不卑鄙，也不崇高

这棵孤独的、冥想的、活着的松树

直立在猛烈的阳光下，横展着，一动不动

并不是等待时机，也不缺乏生的意志

在内心的喧哗与骚动中，它藏起了一个白日的梦！

这棵孤独的、冥想的、活着的松树

倾听着明亮的钟声，不肯说出自己的意图

三、六月之夜

这毕毕剥剥、稀稀落落、淅淅沥沥、点点滴滴的
像是脚步像是暗语像是喜悦像是忧郁的
六月之夜，小白花开了一层层
青色之马载着它酣睡的主人奔跑
使我想起那个再也见不到的女孩子
那年梦像鸡冠花一样开放了

有几片海棠的叶子，还是红色的吗？
风和群鸟一起，早已飞回了窝巢
所有的星星都聚在一起，默默倾听了那个伤心的故事
孩子哭了，婴儿车放在门前，像一只玩具
而那个悲惨的故事渐渐变得美丽起来
他们相会的日子不远了

那扇窗户怎么也关不上了
窗前的葡萄树，正密谋着结卜一串串小小的果子
起风了，那个夏天，所有的裙子都被刮跑了
赤裸的姑娘们把头埋在草地上，一直睡到傍晚
在干燥的夜的周围，有雨了，地湿了
伸缩不停的巨大阴影，在苔藓上游动

在六月之夜的深处、最深处
在思想最明亮的时刻，升起一堵雪白的墙
从这雪白的墙上，念出我的名字
然后它就消失不见了
在窗前坐下，若有所思，聆听
那小小白色的花朵，在马蹄声中静静开放

钟声还未停息，像一群群鸟从城市上飞过
落叶般的屋脊翻动着，这些温暖的叶子！
六月之夜，深邃而又单纯的夜呵
这毕毕剥剥、稀稀落落、淅淅沥沥、点点滴滴的
使我又想起那只跌死的麻雀
那年夏天，我曾为它堆过一座小坟

四、告别

你的光芒万丈的身躯在消失
告别夏天的仪式是隆重的
阳光发出金属的声响
那面焦灼的旗帜还在飘动
它飘啊，它要做无限的忍耐
风中之树，用狂草体书写不安

为了什么原因，那些模糊的东西
不能说清楚呢？屋顶上站满黑鸟

说了许多废话，我们都疲倦了
可想说的，总也说不出来
鲜红的玫瑰花下边，时光越发沉重
而深沉的梦乡中，那棵蓝色的树再就没有出现

我们会想通的，我们就快活了
学学那些孩子，他们做完游戏都回家去了
你不能学得平心静气吗？不对吗？
不会也拿一只小板凳坐在他们中间
一切又都平静下来，一切又都消失掉
你走进荒山，你找到了一万年前的寂静

我还是需要你，并非为了永恒
那朵玫瑰，它要愿意就能开得长久
绿色正在被融化，这里正在变成沙漠
而那个沉默的人，正沿街向人倾诉
在我要写诗的时候，却被一部糟糕的小说迷住
里面写了关于天狼星的传说

告别夏天了！所有热烈而冷漠的
旗帜，将被粉碎而飘满大地
有我们幸福的时候，也有我们难过的时候
很久前，积存着雨水的脚窝里，已经长满青草
夏天没有消失！但我注定要离你而去了
在错身而过的那个瞬间，我的钟变得缓慢

第十二辑 / 1981

秋　颂

仪态万方的原野女王
手持金光，身披彩云织锦
落日浑圆，如君临天下
广袤大地留下金色辙印
秋天，风暴击碎大树
令你我都如落叶纷飞
秋天，风声紧，马蹄阵阵
在急促的雨声中由远而近

秋天，是沉思的季节
收获过的田野获安宁
让我们，去那温柔的夕阳下面
我要对你说起许多纯洁的事情
诗人没有死，在这里
只是他想得太多，却什么也想不分明
思想者在深山
拾起一片落叶，打开秋日窗棂

秋风吹来，诗人的心恬静
那顶草帽在山坡上，任风吹雨淋
失败也许不可避免，就像成功难以预料
路在脚下消失，就会从脚下延伸

我曾经用心爱过，又生出愤恚
今天，一切都化为深深的同情
无意的伤害就相互原谅吧
只有爱，能消除偏见和怨恨

天空是蓝色的，阳光不腐烂
每一片树叶上，都燃烧着生命的激情
从来没有像今天这样需要色彩、音响和诗
从来没有像今天这样需要阳光、空气和风
葡萄因激动而坠地
爱情也因成熟，略显深沉
认真地追求吧，像伐木者一样执着
像少女一样钟情

秋天也有眼睛和心灵
用诗和梦想伸展我们
经历过，才感到生活美好
跌倒过，才发现道路分明
谢绝和我跳舞的姑娘也是美好的
一切都无须责怪，秋天为我作证
在秋天相爱的人啊
你们都要学会宽容

幸福的时光都说短暂
灵魂像植物，终将化灰烬

而永恒可爱的星辰啊
永久照耀在我们头顶
再赐给我一个秋天吧
我心爱的事业就要成功!
手捧你的欢乐佳酿
我早已是泪满衣襟

第十三辑 ／ 1980

日出礼赞

黑夜在东方断裂了
在人们死寂般沉睡的时候
东方，那储存着无数个早晨的东方
橘红色的黎明又轻轻飘出

头上是乌云
变幻莫测，密谋着颠覆
白云在脚下
汹涌而来，像一阵阵舒心的早潮
呵，芳香，可感的芳香
——半壁天空奇异的花朵
梦一般可爱的幻想呵
把芳香送到我心里

星星闭上疲倦的眼睛
风也无力地落在树林里
阴影潜伏在石头后面
黑夜在退却，何时又重新集结
处处是无形的冰凌，冻结的天空哟！
松懈的意志在牙齿上颤抖
没有比这更令人恐惧的冷寂
好像世界上只剩下我，再没有生命

我知道等待的意义
我用仅有的两只眼睛
用大树一样伸展的每一根神经
用我的全部身心静静等待
……

飘动的云丝染上鲜红的色彩
像通红的马鬃甩在天上
那是一匹就要挣脱缰绳的烈马
向我嘶叫，鼻息喷上天空
天际的电闪带着串串惊雷
在没有遮拦的山坡上滚动
那声音摔打在石壁上
整个山谷顿时充满回声
这是巨大的前奏曲
是呼唤，是鼓动
开始了！开始吧——
我的心在上升！

在东方，啊，东方哟！
给黑暗的世界带来光明的东方哟
给潮湿的心灵带来希望的东方哟
燃烧着烈焰的东方哟
充满了挚爱的东方哟
再现的古战场旌旗飘飘的东方哟

正义和邪恶决一死战的东方哟

在轰轰作响，在呐喊，在呼叫

无数的光子、粒子在飞奔，在歌唱，在舞蹈！

啊，东方，这世界上最大、永远也无法企及的加速器

人类的希望、信念被它加快到近于光速！

啊，东方，这自由的东方

给每一个禁锢的心灵以真正的解放！

太阳从云海里挣脱了

带着我灵魂的呼喊露出了一点儿！

这是白日与黑夜一刹那的连接

这是告别了过去火热的一吻

我听见婴儿呱呱坠地的哭声

是一支动人的歌灌注了寰宇

啊，这金刚石一般的日出哟

带动着所有腐朽向新生的转换

它凝聚着渴望、追求、我的自信

这巨大的凝聚力，是我坚强的生命！

太阳哟，山鹰用它烧不焦的翅膀托你飞翔

我的灵魂也向你飞去

难道只有你才有个性

让我和我的太阳碰杯！

太阳哟，你从我身边升起

我是你身旁一棵扶桑

你像孩子在云海里洗浴了
然后我把你托在手上
太阳哟，你把阳光洒落大地，像血
包藏着无数生命的能量
而我的血是液态的阳光
需要时洒出来也一样照亮大地！

我在哪里？对着天我问，对着地我问
云雾没有散去，我的身后是雨
我站在长白山之巅，日出的时刻
终于发现了我自己！
在生命的连接里死亡消失了
相信未来，理想不再渺茫
把太阳移植到我胸中
我要我的骄傲、我的热情、我的年轻！
啊，阳光，这金色的海潮
冲破一切堤岸，将黑暗全部荡去
乳燕从石缝中飞出，撒满天空
追寻着梦中的声响，带着惊惧，也带着欢喜

啊，朋友，我的朋友呵
你们都在我身边，都在我身边
你看那日出，你看！
你看那日出，你看！

图书在版编目（CIP）数据

邹颂四十九首 / 邹进著. -- 武汉 ： 长江文艺出版
社，2025. 4. -- ISBN 978-7-5702-3844-6

Ⅰ．I227

中国国家版本馆 CIP 数据核字第 2024HH9454 号

.

邹颂四十九首
ZOUSONG SISHIJIU SHOU

责任编辑：王成晨　　　　　　　责任校对：程华清
封面设计：李　鑫　　　　　　　责任印制：邱　莉　王光兴

出版：长江出版传媒　　长江文艺出版社
地址：武汉市雄楚大街 268 号　　　邮编：430070
发行：长江文艺出版社
http://www.cjlap.com
印刷：湖北新华印务有限公司

开本：880 毫米×1230 毫米　　　1/32　　印张：7.375
版次：2025 年 4 月第 1 版　　　　2025 年 4 月第 1 次印刷
行数：4761 行

定价：85.00 元

版权所有，盗版必究（举报电话：027—87679308　　87679310）
（图书出现印装问题，本社负责调换）